妹に結婚を押し付けられた手違いの妻ですが、いつの間にか辺境伯に溺愛されてました

1

～半年後の離婚までひっそり過ごすつもりが、
趣味の薬作りがきっかけで従者や兵士と仲良くなって
毎日が楽しいです～

瑞貴

illust.

楠なわて

CONTENTS

目次

Imoto ni kekkon wo
oshitsuke rareta
techigai no tsuma desuga,
itsunomanika henkyohaku ni
dekiai sarete mashita.

プロローグ

「うっわあぁー！」

只今《ただいま》、嫁ぎ先に到着した私は、「本当にここが一貴族のお屋敷なのか？」と、絶賛仰天中だ。次から次へと目に飛び込んでくる光景に呆気《あつけ》に取られ、真面《まとも》な言葉も出てこない。

一つ目の門をくぐった後も、一向に建物が見えてこない広大な敷地。

二つ目の門をくぐれば、いくつもの屋敷が立ち並ぶ。

それはもう圧巻だった！

そわそわと見回す、その一軒一軒が、今まで大きいと思っていた実家の子爵家よりも遥かに立派だ。

真っ正面の大豪邸に暮らしているご当主様が、地味な私に結婚を申し出てくれるなんて、誰が想像できただろう。誰もできないはずだ。

幼い頃から夢に見ていたお嫁さん。それが、まさか……よりによって！　この私が辺境伯夫人になるとは、驚嘆に値する。

この時代の結婚適齢期を過ぎた二十一歳。野山を駆け回る私の顔は、いつだって日に焼けて健康そのもの。そのうえ、平凡を絵に描いた茶色の瞳。いつまでも垢抜けない私は色気とは無縁の容姿をしている。

まさに自身の名前である、マーガレットの花のように小さくて、どこの夜会でも目立つことはない。

花のある美しい妹とは対照的な地味すぎる私は、幸せな結婚なんてできないと諦めていた。

……それなのに、奇跡が起きた！


敷地の中でもとびきり豪華なお屋敷の扉を従者たちに恭しく開けてもらった私は、まるで、一国のお姫様になった気分だ。眩《まばゆ》い空間が広がる。

「私のために…………。す、凄《すご》い」

感動しながら到着した本邸。ゆっくりと開けられた扉の先には、お屋敷で働く従者たちが、勢ぞろいで私を出迎えており、パッと見たくらいでは、何人いるかなんて数えられない。

その眺めに圧倒される私は、「落ち着け自分」と言い聞かせるように、ゴクリと唾を飲む。

私一人のために、彼らは仕事の手を止めて、わざわざ集まってくれたのだ。

「うぅー……こんなことって……」

思わずボソッと呟いたけれど、そんな一言は、このだだっ広いエントランスでは、誰の耳にも届かないだろう。

嬉しすぎて舞い上がる私は、当の旦那様を探す前から胸がすでに熱い。

私なんかのために、「お忙しい皆さんの貴重な時間を使ってしまい、申し訳ないです」と、心の中で感謝を述べた。

子爵家の令嬢であれば、従者に傅《かしず》かれるのに慣れているのが普通だが、私の場合は、そうではない。

実家では、従者たちから愛想を尽かされ、総スカンされていた。そのため、この光景に大感激しているのだ。

——従者の多さに気を取られていた次の瞬間。私の心臓がドクンと大きく跳ねた。

唇をプルプルと震わす私の視界に、端正な貴公子様が見えたからだ。ホワイトブロンドの髪が眩しい彼が、青い瞳を細めている。

エントランスの中央に立ち、黒い騎士服を纏ったこの方だけが、唯一マントを着けている。

——それを見て、彼が私の旦那様だと確信した。

私を見つめている彼は、さすが「軍の隊長様」と、ほれぼれするような体躯《たいく》だ。

堂々とした立ち振る舞いの彼は、私を「待ち切れなかった」と言わんばかりに、燦然《さんぜん》たる笑顔で歓迎してくれている。見間違うことなく、この屋敷の当主だろう。

凛々しいお顔の旦那様と今、初めて対面し、激しい感動が私の胸に押し寄せる。

この敷地に入ってからというもの、心がせわしなくて、すでにどうかしそうだ。

ブランドン辺境伯が軍を率いる隊長だと知っていた私は、失礼だけど、熊のような迫力のある方を想像していた。

それがなんと！　まるで御伽話《おとぎばなし》に出てくる王子様のような容姿をしているのだ。私にとってそれは、嬉しすぎる誤算だった。

おかげで辺境伯に会うと同時に舞い上がった乙女心。

そうはいってても興奮してばかりではいけない。すっと姿勢を正せば名前を名乗る。

「初めてお目にかかります、ヘンビット子爵家のマーガレットと申します」

よし！　決まった。淀みなく言い終えれば、にこっと微笑むのも忘れてはいない。

今の挨拶は、これまでの人生で一番のできといえる渾身のもの。失敗することなくやりきった。

夫となるユリオス・ブランドン辺境伯にカーテシーをして、自分の名前を名乗るまでは、私は間違いなく幸福の絶頂へ昇っていく途中だった。

……それなのに突然、この場の空気が冷たく変わった。

……私が名前を告げた次の瞬間。ブランドン辺境伯から一切の笑みが消え去った。

あれ？　これは全部夢だったのかしらと思っていると、真正面から怒号が響く。

「マッ、マーガレットだって！　本当だ、顔を見れば茶色の髪以外リリーと全然違う！　別人だ。リリーは透き通った肌に緑色のつぶらな瞳の美女だった。俺が結婚を申し込んだのは、リリー・ヘンビットだ。今日、この屋敷へ来る花嫁はリリーのはずだ。お前……まさかとは思うがリリーからこの縁談を奪ってやって来たのか？」

少し前までこぼれていた彼の優しい笑みも、温かい空気も消え去り、別の人種に変わり果てた。そんな彼が私を冷酷なまでに睨みつけている。

さっきまでの眩しい彼はどこへ行ったのだろうと、きょとんとする。

鬼のような目の前の人物と、その直前まで私を出迎えてくれた貴公子が、全く別人にしか見えない。

私が名乗っただけで「血を求める辺境伯」と、二つ名のある彼の逆鱗《げきりん》に触れ、「見目麗《みめうるわ》しの貴公子様」のキラキラの顔が、戦場を指揮する「軍の隊長様」に変化した戦場を知らず、平穏な暮らしをしている私でさえ肌で感じる殺気。彼がその敵意を向ける先は……間違いなく私だ。

ここで殺される……かもしれない。そう思わずにはいられない。

こうなれば、私のことを待ち構えていた従者の皆さんが、私の処刑を環視する観衆に見えてきた。

動揺しながらも、どうしてこうなったのかと思考を巡らせ、はたと気づく。

「………あ、そうか……」

あー、やられた。またあの子だと絶望が襲う。

それに気づけば、自信も、喜びも全て消え去り、ガックシと肩を落とす。まるでしおれた花のように。

この結婚は間違いなく妹リリーの我が儘《まま》。それで自分は窮地に立たされている。

私がこれまでリリーから被《こうむ》った損害なんて、瑣末《さまつ》なものだと笑い飛ばせてしまう、最大級のやつだ。

いつも「リリーの姉」と呼ばれている私。それなのに、この結婚は姉である「マーガレット」を指名する、奇特な男性が現れたと父から聞いていたのだ。

それも、五歳しか年の違わない辺境伯領のご当主から。

彼に女狂いの噂もなければ、死に別れた奥様の後妻でもないというのだから、私にはもったいないくらいの好条件の男性だ。奇跡だった！

にわかには信じられない縁談だったが、私が自信満々やって来たのには、ちゃんと理由があった。

私は二週間以上も前に、彼から届いた結婚誓約書に自分の名前を、しっかりと書いたのだ。それもユリオス・ブランドン様の署名の下に。

初めは何かの冗談かと思ったが、それを返送しても、辺境伯からは何も言ってこなかった。

その結婚誓約書を、今すぐこの場で確認してくれれば、私が妹リリーの縁談を無理やり奪い、勝手にやって来たのではないと証明されるはずだ。そう思って前を向く。

すると視界に映る不審な従者を見て、私の手にじわりと汗がにじむ。なんだか嫌な予感しかない。


少し前から、ブランドン辺境伯の右側に立っている執事服姿のうら若い男性が、オロオロと汗をぬぐっている。あれは絶対に何かある……。

仮称「オロオロの彼」が、もし、その結婚誓約書を大聖堂に提出したとなれば、冗談では済まされない。一大事である。

そうではありませんようにと祈り、勇気を振り絞る私は、今一度名前を告げ、リリーとの関係を伝える。

「私はリリーの姉、マーガレットです」

殺気立つブランドン辺境伯の気迫に押され、震えて声も出せないかと思ったが、意外になんとかなった。

日頃、我が道を貫いている自分の図太さのおかげだろうかと考えかけたが、すぐに否定する。

おそらく、私以上にオロオロしている人が目の前にいるためだろう。

……凍《い》てつく空気を放つ辺境伯の口は、固く閉じられたまま。ならばと続ける。

「……私は父に命じられ、ユリオス・ブランドン辺境伯の元へ嫁ぐために、こちらへ来ました。以前、我が家に届いた結婚誓約書へ、私も署名して、辺境伯へお届けしているはずですが、ご覧になっていませんか？」

今、私がそのことを、ぬけぬけと伝えたせいで、ブランドン辺境伯の眼光に鋭さが増した。

……しまった、と後悔してもすでに遅い。彼の気持ちを完全に逆なでした。

もっと、他に言いようがあったのかもしれないが、恐怖の渦中にいる私にはこれが限界だ。

そもそも、どこの社交界でも人気のない私が、気の利いた言葉を言えるわけもない。


……そう。……そうなのだ。

冷静に考えれば考える程、この縁談はおかしすぎた。

ブランドン辺境伯がどうして私との結婚を望んだのか、ずっと理由が分からなかった。

互いに全く面識はなかったし、取り分け目立つことのない私を、辺境伯がどこで知ったのだろうかと、不思議でならなかった。

でも、妹の企みだと考えれば、全てが腑に落ちる。

「おい、ニール！　俺が遠征する直前に渡した、あの結婚誓約書を見せろッ！」

辺境伯は私を直視したまま怒鳴り声を上げる。すると執事服を纏《まと》った男性が、まるで肩で返事をするかのように、ビックッと跳ね上がった。

その反応のおかげで、彼がニールさんだと私でも承知した。

……いや。その前から彼の様子が明らかに変だったし、そのせいで、すでに私まで変な汗が出ているのだ。

私が瞬時に名付けた、仮称「オロオロの彼」は、ニールさんで間違いなく、しどろもどろに驚愕の言葉を発した。

「もっ、申し訳ありませんユリオス様。あの結婚誓約書は、本日、大聖堂へ提出して参りました。たっ、確かに、女性の欄には『マーガレット様』のお名前が署名されていたのを確認しております。ユリオス様が『今日屋敷へ到着するまでに提出するように』と、ご指示されていたので、先ほど済ませた次第ですが……まずかったですよね」

その言葉を聞いた一同から、「ヒィッーー!!」と、漏れた悲鳴。みんなの呼吸が一斉に止まった。

空気がたちまち凍りつく。薄々勘づいていた私も、プルプルと身震いする。

「この馬鹿者がッ！　俺が伝えていた妻の名前と違うと分かって提出したということかッ!?」

「すっ、すみません！　僕の聞き間違いかと思いまして」

その返答に、辺境伯が苦悶の表情を浮かべる。

私のことで、いや我が家の不祥事で……まさかの大問題が勃発した。

「……信じられん。なんてことだ……。あの日、急な遠征前のせいで、碌《ろく》に確認しなかった俺も悪かった。が、しかしだ――……大聖堂に出したとなると、マーガレットを追い返せないだろう」

私のことを睨んでいたブランドン辺境伯の目。それが私を上から下まで品定めをするように見ている。まるで、獲物を狙う肉食獣のように。

そのせいで私の足は、履き慣れないハイヒールがタップ音を鳴らす程、ガクガクと震える。

私が何も知らずに署名した結婚誓約書。そのせいで、並み外れて強そうな二つ名をお持ちの辺境伯に迷惑をおかけしたなんて大事件である。

言葉を失い、あわあわとしていれば、辺境伯が口を開く。

「マーガレット。どうやら双方のいき違いで、大聖堂で俺たちは夫婦と登録されたようだ。だが、俺はお前を妻にする気はないから誤解するな。この結婚はただの間違いだ。離婚可能な時期となる半年後までの手違いの夫婦だ。それまでは、お前はこの屋敷を自分の家だと思って好きに過ごしていいが、俺には一切構わず、俺の部屋には間違っても近づくな。どちらにしても俺は遠征に出ていて、ほとんど屋敷にいない」

手違いの夫から、この結婚の条件を突きつけられた。

とりあえず命は助かった。条件に不服はない。となれば、元凶にしかならない自分の口を閉じたまま、ただひたすら、首をウンウンと縦に振ることに専念する。

……こうして今、私は手違いの妻で構いませんと辺境伯へ承諾し、従者たちが見守る中、手違いの夫婦となった。

「ニール！　マーガレットに客間を用意しろ」

「はっ、はい」

その指示にハッとするオロオロの彼（仮称）が走っていなくなれば、手違いの夫もどこかへ消えた。

――静かにぽつんと佇《たたず》む私は心の中でそっと、結婚の誓いを立てた。

本日、私、マーガレットは、一生を添い遂げる覚悟でユリオス・ブランドン辺境伯の屋敷へやって来ましたが、『半年間の手違いの妻』になりました。

ふつつか者ですが、めでたく離婚できるまで、辺境伯にはご迷惑をおかけしません。

辺境伯のご不興を買わないよう、隠れて暮らしますので、ご安心ください……と。

私の奇跡のような結婚は、本当に夢だった……。

哀れな私の現実……。幸せの絶頂へ昇り詰めていた階段が、一気に崩れ落ちた瞬間である。

祝福溢れる教会でするはずだった夫婦の誓い。

それが叶わない今、瓦礫《がれき》に埋もれた私の心の中で、独りきりの結婚宣言をさせてもらったのだから。

辺境伯は、私の趣味に興味を持ってくれたのかと期待していたが、私の思い違いだった。

私を陥れた妹のリリーを恨むより……私は誰からも必要とされない。そんな現実が、今一番辛かった。

自分の横にチラリと見えるのは、私の嫁入り道具だ。

ドレスの類は全て実家に捨て置いてまで、辺境伯領のために役立つだろうと用意した薬の山。鞄に詰められるだけ押し込み、目一杯に持ってきた。

まだ見ぬ夫を思い薬を作った努力は、この屋敷の扉を開けたと同時に、日の目を浴びないことが決まってしまった。

第1章　従者を懐柔《かいじゅう》する手違いの妻

【ユリオス・ブランドン辺境伯視点】


このトレーダー王国の辺境の地を守る俺が、王都に滞在するのは、年に何日あるだろうか？

その日の王都訪問の目的は国王との謁見だったが、久しぶりに参加した夜会に興味をひかれた女性がいた。

それが、今日、妻として迎えるはずのリリー・ヘンビット子爵令嬢だった。

交友のある侯爵家の人間が紹介してきた、リリー。

俺が辺境伯だと分かると、薬草を煎《せん》じて作る、怪我の炎症を抑える薬の話をしてくれた。

元々女性と話をするのを得意としない。そんな俺が、彼女とは緊張もしなかった。リリーとは不思議なくらい楽しい時間を過ごした。

俺自身は怪我をすることは、まずない。記憶にあるのは過去に一度きりだが、兵士たちが負傷するのは日常茶飯事。彼女の薬草の話。妙に興味をそそられた。

他の薬の話も聞きたくなり、思いつく限りの質問を、まくし立てるようにしてしまった。初対面のくせに貴重な話を聞き出そうとする俺が、焦って一方的に話し終えれば、彼女からくすくすと笑われてしまい、苦笑いするしかなかった。

だが、そんな俺に呆れることなく微笑みを返してくれたリリーは、「私の話に興味を持ってくれて嬉しいですわ。薬の話を続けると、まだまだ話は尽きないのですが、他にもご挨拶しなくてはいけない方々もいるので、この続きは次の機会に」と、愛らしく笑って返してくれた。

俺の知りたかった話をその場ですぐに聞けないことを、少しばかり残念に思ったが、確かに彼女の言うとおりだ。夜会では、一人と長話できないのも事実である。恐縮げに俺を見つめるリリーにドキッとした俺は、薬や薬草の話を惜しげもなく教えてくれるリリーとの再会を期待した。

何より、彼女の軽快な話しぶりに引き込まれ、もっと彼女を知りたくなった。

女性を好くとは、こういうことなのかと、情けないが初めて感じた。

二十六歳にもなって何を言っているのかと自分でも思うが、毎日兵士たちといるせいで、これまで抱くことのなかった感情だ。


人気者のリリーを妻にするには、相応の結婚支度金が必要だろうと、先走って金を送り付けた。

危険も伴う辺境の地を守る分、国からの交付金も多いのがブランドン辺境伯領だ。

こんな言い方はいやらしいが、我が家に潤沢にある資金で、リリーに見合う分の支度金を送ったと思っていた。

それなのになぜか、別人が当たり前のように我が家へ嫁いできた。

――俺の常識では全く理解ができない。

その別人がこともあろうに、俺の待ち望んでいた女性とは違う名前を告げた。それも全く悪びれもせず自信満々口にするため、面食らった。

にこっと笑う彼女は、美しいリリーとはまるで違った。素朴な顔のおかげですぐに別人だと理解した。

二人の雰囲気があまりにも違うせいで、姉妹と言われたところで、それを信じて良いのかさえ疑わしい。

マーガレットと結婚したなんて、俺としては大失態である。

今すぐ追い返したいところだが、悔しいことに、それもできない。この国の婚姻関連の正否承認を扱う大聖堂へ結婚誓約書を提出したとなれば、話は別だ。

思えばあの日、書類に書かれた名前を見ていなかった。そうだった。結婚誓約書が入った封筒を開けたと同時に、隣国の侵入の知らせをニールから受け、すぐに出陣したのだ。

碌《ろく》に内容を確認しないままの誓約書をニールへ渡し、今朝帰ってきてからも、その存在すら忘れていた。

「畜生！」慌てていたとはいえ、何の言い訳にもならない。

ほとほと困り果て、頭を抱える。

貴族の偽装結婚を防ぐため、このトレーダー王国では、結婚後六か月は離婚できない決まりがある。

その間に、大聖堂のやつらは偽装結婚の疑いの有無を確認する。

税金対策目的で、姻戚《いんせき》を利用した不正な金銭の受け渡しが横行したことで、それを防ぐための調査がある。万が一、偽装結婚だと認定されて離婚すれば、すぐには次の結婚ができないペナルティーが科せられる。再婚まで三年待たなければならない。相当な痛手だ。

ヘンビット子爵家には抗議の手紙を送るが、結局のところ、結婚自体を覆すこともできない。

結婚支度金に関しても、舞い上がった俺がヘンビット子爵家の返答も聞かないまま、先走って送ったのが悪かったんだろう。

そもそも、女の扱いにも慣れていない俺が浮かれたせいで、こんな失策をしたのだ。

今回は高い勉強代だと思い、あの金は割り切ることにするか。

「金を返せ」と騒ぎこれ以上の厄介事に発展するよりは、このまま放っておくのが得策だろう。

まあ正直なところ、妻を選《え》り好みするつもりはないが、マーガレットのような自信のなさそうな女は、俺の妻として受け入れる気はない。

気鬱の女は好みでないのもあるが、この危険な辺境の地で、俺の留守を頼めないからな。

妻に求めるものは、俺がいなくても屋敷や領地を仕切れる気概。何より、妹宛ての結婚の申し出に、横から入り込んでくる女は、全くもって論外だ。

自由に過ごしていいと伝えたが、マーガレットの小手先の策略では、どちらにしても、偏屈な使用人が多いこの屋敷では、満足に暮らしていけないだろう。まあ分かっているが、助ける気は毛頭ない。

それより、何を企んでいるか分からないマーガレットが、俺の近辺を漁り、軍の情報を敵国に流されてしまえば、失態の上塗りになる。

あり得ないとは思うものの、用心するためマーガレットへ俺の部屋に近づくなと、釘を刺した。

とんでもない女と結婚してしまったと項垂《うなだ》れる俺は、マーガレットとは顔を合わせないようにすると決めた。

【マーガレット視点】


辺境伯がエントランスから立ち去ると、私のために集まっていた屋敷総出の従者たちは、蜘蛛の子を散らすようにいなくなった。……到着早々、あまりにも早い手のひら返しに直面した。

「ちょっ、ちょっと待って……」

一斉《いっせい》に立ち去る背中に手を伸ばす。

そんな助けを求めたところで、誰も立ち止まるはずもなく、広いエントランスにポツンと独り、呆然と立ち尽くす……。

「だ、誰か……。ど、どうしたらいいの……」

何度もその台詞を呟いていると、「お待たせしました。ご案内しますね」と、平常心を取り戻したニールさんが迎えにきてくれた。

手違いの夫婦となった元凶の一端である彼は、大急ぎで客間を用意していたようだ。

「どうぞこちらに」と、ニールさんから案内された客間は、思っていた以上に狭い。

私が趣味に専念するにはいまいちで、草を干せば手狭になるのは一目瞭然である。だとしても、とても文句は言えないが。

「では、僕は失礼しますね。明日の朝、メイドがこちらに食事を運んでくるように手配しておきます」

そう言い残し、ニールさんはいなくなってしまった。


……そうなれば、することは自然と一つ。

私がこんな事態に陥った、もう一人の元凶を思い出す。……妹のリリーのことを。

私たち姉妹は、他人と言ってもいい程に、全く似ていない。

見た目はもちろんだが、性格も正反対だ。妹リリーは誰とでも簡単に仲良くなれる、天性の才能の持ち主である。

三つ年の離れた妹は、どんなことにも興味を持つから知識も広い。浅いけど。

浅い知識を糸口に、巧みな話術で関係を繋げる妹のリリー。どんな分野の人たちとも仲良くしており、交友関係が広い。社交界の人気者だ。

それを私は、指を咥えて見ているだけで、リリーの社交性が、いつだって羨ましかった。

妹とは対照的に、薬草と薬作りという地味な趣味に没頭し自分の興味のあることしか話せない、友達もいないような私だ。

そんな私だって、周りで飛び交う恋の話を聞けば興味もあったし、私も誰かと恋をして、夫と寄り添って生きていく暮らしに憧れていたのに……。

いつかちゃんと私を見てくれる男性が現れるのを待っていた。

けれど願いは叶わず、気がつけば結婚適齢期なのに婚約者もいないままだった。

目立った実績のないヘンビット子爵家と姻戚になるのを望む家がないのは分かっていた。特に私のような性格では駄目だ。

貴族社会では、リリーのように、人間関係を繋ぐ妻が必要とされているはずだもの。

妹にはできるのに、どうして私にはできないのか？　と、理想にちっとも近づけない自分が一番嫌だった。

だから、ここに嫁ぐことになって、私のことを必要としている人がいるんだって、やっと報われた気がした。

手違いの旦那様に会うまでは、だけど……。

「手違いの旦那様も、どこかでリリーと話をして彼女にひかれたのね…………」

結局いつもと同じ。辺境伯もリリーに釣られた男性だったのか……。

どうせリリーのことだ。自分宛てに届いた結婚の申し出なのに、何か都合が悪かったのだろう。

とはいえ、父を言いくるめるとは……。どうやったのか？　我が妹ながら、凄いことをしたものだと感心してしまう。

◇◇◇

これまでだって、何度もリリーから嫌なことを押し付けられたり、彼女が望む私のものを奪われたりして生きてきた。

慈善事業の孤児院の訪問は、当日になると必ず熱が出るリリー。私が孤児院から帰ってくれば、元気にはしゃいでお菓子を食べていたことは、一度ならず、何度もあった。

常に自分が甘える側でいたいリリーは、子どもが大嫌い。妹の見え透いた仮病に騙される大人たち。

そんな妹は私を敵対視してばかり。何でもさらりと自分のものにしていく。

私以外の人たちには、本性を隠すリリーの小狡さ。私にはできないことだから羨ましかった。

私が誕生日にもらった帽子を、「自分の方が似合う」と言って奪われたこともあった。

父は、私の帽子とも気づかずに、「リリーによく似合う」と、喜んで褒めていたっけ。私のだと主張したところで、結局、うまくかわされ、あれは取り返せないままだ。

リリーの要領の良さに敵わない私は、気づけば彼女の手駒にされていた。

リリーのせいで、何度も悔しい思いをしてきたし、それで相当な免疫も付いている。

……でも、今回ばかりは期待からの落差が大きすぎて……心がついていけない。

——私の地味な趣味、薬草。

両親でさえ嫌な顔をして呆れていたから、自分は変わり者だと自覚はしている。

でもこの縁談は、どこかで私を見ていたブランドン辺境伯が、地味な趣味を必要としてくれたと、自分に都合のいい勘違いをしてしまった。

勝手に夢を見て、幸せなお嫁さんの姿を想像してしまった。

「それなのに、手違いの妻か…………」

隣国との小競り合いが多い辺境伯領であれば、夫が傷を負うかもしれない。

……そんなことを考えて、勝手に独りで不安になって、大慌てで薬を作ったのに。

「ははっ……」と、乾いた笑い声が響く。

それが妙に大きく感じられる。空っぽの部屋。溢れる薬草がないと、思っていた以上に音が反響して、ますます寂しくなる。

「独りで浮かれて馬鹿みたい」

私が夫のために尽くす結婚生活なんて、用意されていなかったのに……。

手違いの妻が案内されたのは、妻の部屋ではなく、よそ者を迎え入れる客間だった。

微かな音さえなくシーンと静まり返った部屋で、たった独りきりだ。周囲には全く人の気配さえない。誰からも遠巻きに扱われている客人。

「あれっ、おかしいな」

……泣くつもりはない。なのに、視界が霞んでくる。

「私って……今日、一番幸せな花嫁だったはずなのにな……」

ここに到着した直後。広いエントランスを埋め尽くす、たくさんの従者を目にしたばかり。

この屋敷には、実家の子爵家とは比べ物にならない程、たくさんの使用人がいる。

もし、それを知らなければなんとも思わなかったのに……残酷だ。

「私の元には、荷物を片付けてくれる従者さえ……いない」

つまり、手違いの妻に貸す手はないということだ。

実家から持ってきた荷物を一つ一つ棚に並べていると、悲しさが押し寄せ、自分の存在価値さえ見失いそうになる。

薬草や果実、きのこなどあらゆる植物を煎じて作った薬は、手のひらに収まる小さな瓶に詰めて、山のように持ってきた。

自分で作った薬が入った真新しい瓶。それを手に取るたびに、酷い空虚感を抱く。

私以外の人間には、全て同じに見えるだろうが、私からすれば、それぞれ全く違う代物《しろもの》だ。

これらを作ったときに込めた思いも、効果も、全部違う。

鞄から取り出す数だけ、ブランドン辺境伯のことを考えていたのだから……。そんな自分が哀れに思えてきた。

……いや、これが自分なんだと受け入れなくてはいけない。

辺境伯は、私と関わることも、近づくことも拒絶した。

こんな私にできることは、一つしかない。

半年後の離婚まで、ブランドン辺境伯にはこれ以上、嫌な思いをさせないようにするだけ。

となれば、ここで過ごす半年間、私なりの楽しみを見つけていくしかないだろう。そんな風に考えているうちに、夜が更《ふ》けていった。

◇◇◇

私は、与えられた客間で、それなりに眠ったはずだ。

……けれど、何も考えずに意識を捨て去ることはできず、いろいろと気にかかり、早朝から自然に目が覚めた。

朝日はすでに顔を出し、窓から微かな光が差し込んでいる。

晴れやかな天候よりも……。不可思議な音が、私の心をドキドキと刺激する。それが、気になって仕方ない。

ビュン――、ビュン――っと。それはまるで、私に「起きろ」と言っているような、風を切る音だ。

規則的なのに、私の胸をざわつかせ、不安を煽る。

窓の外から聞こえるその音は、子爵家の実家では聞いたこともない初めてのものだ。

けれど、ここで暮らす人物と、彼の二つ名を知っていれば、何をしているか想像に難くない。

「……うぅ、嘘でしょう――」

鉄で作られた細長い板を振るだけで、よくもそんな大きな音が出るものだと、思わずうなってしまう。

まだ私は寝具に包まれたまま。温かいのは間違いない。

それなのに、その音を聞いてから悪寒が酷い。

「……」

やめればいいものを、音に誘われるように、気がつけば、のそのそと、この部屋で一番大きな窓に向かっていた。

決して甘美な誘惑ではない。なのに、そうせずにはいられなかった。

怖いものを見たい気持ちが半分、敵の力量を確認したいのが半分。そんな心境で、私は恐る恐る外へ視線を向ける。

「ギャッ!!」

驚いた拍子に尻もちをつく。

衝撃を受けすぎないように、私はソレを見る前から想像をしっかりとしていた。

……にもかかわらず、背中に冷たいものがゾクッと走った。


「……はは」

思わず空笑《からわら》いが漏れた。

私の瞳に映るのは、ブランドン辺境伯の剣の素振りだ。もちろんそれしかないと分かっていたのだが、その迫力が私の予測を遥かに超えている。

もっと見たいと思う私は、そろりそろりと起き上がり、窓枠に手を乗せて観賞を始めた。

「凄いな」

まさか、こんなに朝早くから、この屋敷の当主がいい汗をかいているなんて想像もしていなかった。

もし目の前で、あの鬼気迫るブランドン辺境伯にアレを一振りされれば、私なんかは完全に腰を抜かすであろう凄まじい気迫だ。

私は建物の壁に守られ、あの脅威とは相当離れているにもかかわらず……襲ってくる恐怖。彼から殺気がだだ漏れだ。

怖いのに目が離せないのはブランドン辺境伯がしていることは、面白おかしく見ていいことではないからだろう。

そんなことは、戦場を知らない私でさえ分かる。

命を懸けて戦場に出るということは、鍛錬といっても、あれくらい真剣になるのだと、彼の背負っているものの重大さがひしひしと伝わってきた。


私はブランドン辺境伯のことを、少し勘違いしていたかもしれない。

生まれながらに、こんなに豪華なお屋敷に暮らしている彼は、努力なんてしていないと思っていた。けれど、全く違ったのだから。

彼の立つ場所だけ土が踏み固められているみたいだし、毎日あの場所で鍛えているのだろう。

人が動き出す前の時間帯からひたむきに剣を打ち込んでおり、人知れぬ研鑽《けんさん》が、彼の功績に繋がっているのだと思う。

こんなに真面目な彼に、我が家のやり方は卑怯すぎる。

ますますヘンビット子爵家の対応が恥ずかしくなる。

常に国境を守って戦っている軍人。その彼を、だまし討ちをするような縁談。

立場だって、子爵家の我が家よりもブランドン辺境伯の方が断然上だ。なのに、こんな大それたことをして……。由々《ゆゆ》しき事態だ。

父だって、それくらい十分に分かっていたと思うけど。

子爵家に届いた縁談。リリーがお断りをすればいいものを、姉に押し付ける形で引き受けたのは、何か理由があるのかしら？　さっぱり意図が分からない。

両親は、私なんかが辺境伯を誑《たら》し込めると思っていたのだろうか。

いや、到底そんなことは思っていないはずだ。私なんて薬草の話しかできないのだから。

……辺境伯を魅了するなんてとんでもない。

実際、結婚誓約書を交わしたのを思い出してもらわなければ、到着直後に処刑されるところだったわけだし。

再びぞわっと身震いが起きる。手違いの結婚の件で、今頃賠償金の話とか、大問題に発展していないかと気が気ではない。

いや、それは半年後にリリーが嫁いで来ればいいだけの話だ。

何も知らないお金の話は、私には関係のないところでしっかりと解決してもらわないと、さすがに困る。

それにしても、ブランドン辺境伯は随分熱心に鍛錬している。

……だけど。先ほどからずっと気にかかる。

ブランドン辺境伯の左肩の動き。私から見ても、良くない。それどころか悪い。

どこか怪我でもしているのだろうか？

薬を塗れば治るものかしら……。もしかして後遺症かもしれない。そうだとすれば、治すためには山に行って原料を採ってきて――。

「ではない！」と、自分に突っ込みを入れる。

無意識とは恐ろしい。辺境伯のことを私なんかが心配するのは、余計なお世話だし、おこがましい話だ。

はっきりと「関わるな」と言われたのに、私ったら馬鹿だ。

ふと見ると、辺境伯の動きが止まっていた。無駄なことを考えていたせいで、彼の顔の向きが変わっているのに気づくのが遅れた。

ハッとした私は慌ててしゃがみ込み、自分の体を窓の下に隠れさせる。

「あーっ、危なかった」

心臓がバクバクする。どんくさい私は、かくれんぼが昔からあまり得意ではない。

隠れる直前。ブランドン辺境伯が、こっちを見ていた気がする。顔をはっきりとは見ていないが、おそらく鬼のような形相だろう。

この客間。窓から凄いものが見られるとしても、一日中部屋に籠もっているのは、私には暇すぎる。

こうなったら早く何か始めなくては、やっていられない。

◇◇◇

私が割り当てられた客間に、不貞腐れた顔のメイドが掃除道具を持って、ズカズカと入ってきた。

「ねえ、ちょっと聞きたいんだけど、いいかしら」

「……」

メイドから顔をふいっと背けられ、あからさまに無視された。

はい、またそれだ！

――あーそうですか。分かりましたと、私は踏ん切りをつけ、すくっと立ち上がる。そして、何事もなかったかのように、勝手にお茶の準備を始める。

この屋敷に来てからというもの、私は暇を持て余し、何かしたいと意気込んだ。それにもかかわらず、部屋に引きこもりの生活を続けている。

独り言を呟く毎日。それが、もう一週間以上になる。

その理由は、たまにしか訪ねてこない清掃係と配膳係のメイドたちと、全く会話にならないからだ。

彼女たちへ話しかけても、彼女たちは、私の顔を見ることさえない。

「それでいいのか？」と思わず言いたくなるが、この件に関しては、実家で経験済みだ。

従者界隈ではよくあるやり口なのだろう。

手違いの妻のために、従者たちが熱心に仕える気がないのは初日で十分に分かっている。過剰な期待はしていない。

それでも一人くらい、私の話に耳を傾ける従者がいないかと、諦めずに声をかけ続けた。

……その結果がこれだ。この一週間、みんな、揃いも揃ってだんまりである。

私は絶賛、メイドたちから完成度の高い無視を提供され、先に進めずにいる。

そもそも、手違いの旦那様の情報がなければ、こんな不案内な屋敷の中を歩き回れるわけがない。

手違いの結婚初日。ブランドン辺境伯から「俺の部屋には近づくな」と、図太い釘を刺された。もちろん命令に従うつもりだ。近づく気は毛頭ない。何より、意識して近づきたくとも、その場所を知らないし。

そんな私は、「意図的には絶対に行きません。ご安心ください」と、はっきりきっぱりと言える。

……けれど「その場所を知らない」というのが大問題である。

私にとっては敵の陣地も知らない状況だ。こんな調子で迂闊《うかつ》に歩き回れば、うっかり地雷を踏みに行くようなもの。

キョロキョロと周囲を窺《うかが》う姿は、誰が見たって不審者にしか見えないだろう。

……いや、間違いなく不審者確定で処刑対象だ。彼に見つかれば、問答無用であの剣で一振りとなる。向かう先はあの世。

私が屋敷をうろつけば、「血を求める辺境伯」と大それた二つ名のある方に、あっという間に餌食にされる。その自信しかない。

どんくさくて、間《ま》が悪い。それだけは自覚して生きているのだ。

地雷のある場所を確認したい。けれど、手違いの妻ごときに知識を教えてくれる存在は現れず、時間だけがいたずらに過ぎていった。


特段することのない私の一日は、至ってシンプルである。

鬼の観察。独りお茶会。想像という名の妄想。今のところ、これ以外にできそうなことは見つかっていない。

そんなこんなで只今、独りお茶会の真っ最中である。

「ふぅ〜ん、いい香り」

私特製の花茶の爽やかな香りが部屋一杯に広がっている。

お茶の時間にしては、いつもより早い。

だが今日は、毎日の日課が一つなくなり、独り優雅な時間が繰り上がった。


今朝、ブランドン辺境伯の汗を流す姿を見ようと、窓の傍で待っていた。

……けれど、今日に限っては一向に現れなかった。なぜだろう。

天候のせいではない。これまでに雨の日もあった。さすがに今日の稽古はないだろうと思ったが、休まず鍛錬をしていた。

彼の姿を確認できない状況に、なんだか少しだけ複雑な心境だ。

ブランドン辺境伯が見られなくて、ちょっぴり残念だと思っている自分と、あの恐怖の塊を見ずにホッとする気持ち。今朝は、その二つの感情が入り混じっている。

ブランドン辺境伯は、お屋敷を空けることが多いとは言っていたが、もしかして今日は屋敷を空けているのかもしれない。

——辺境伯が危険な場所へ行っていないといいけど……。って、また何を考えているのだ！

私が軍を率いる隊長である辺境伯を気にするのは、余計なお世話にも程があるし、おこがましい。

私なんかに心配されたと知られたら、「手違いの妻のくせに」と、逆鱗に触れてしまうから！

馬鹿ね、馬鹿、馬鹿！

余計なことを考えず、お茶を飲んで気持ちを切り替えるべきだと思った次の瞬間、声が聞こえた。

「あのぅ、その香り。マーガレット様は何を飲んでおられるのでしょう？」

「え？　私に質問かしら……」

「失礼いたしました。ですが、今まで嗅いだことのない香りがするお茶なので、気になってしまって」

私の握るティーカップに興味津々のメイドが、中を覗き込むように見ている。なんと突然、珍しいことが起きた。

……というか、今、初めてメイドの声を聞いたのだ。

それも、まさか、向こうから私に興味を持つなんて。その、たったの一言で感動した私の瞳が思わず潤《うる》み出す。

メイドの興味の対象。それは私の自信作だ。お目が高い。

茶葉に花の香りを移した花茶である。

この香りを嗅いでいると、気分も落ち着くけど、茶葉に使っているのは肌を美しくする薬草だ。

でも、この薬草の難点は、「効果は高いけどお茶にしても全然おいしくないこと」だ。

それを解決するために、花の香を移している一風変わったお茶である。

「私が作った、肌にとてもいいお茶なんだけど、良かったら飲んでみる？」

薬草は私の得意分野。少々調子に乗り、誇らしげに言ってみた。

するとメイドから「ふんッ」と大きな鼻息が聞こえた。

あれ？　怒ったのかしらと、ビクつく。……結局のところ、小心者な性格は変わらない。

だけど弱気な私とは裏腹に、メイドが満面の笑みを見せた。

「休憩時間になったら、他のメイドも連れてくるので、是非お願いしますッ！」

食い気味に言い切ったと思えば、手際よく寝具を換えて立ち去った。

◇◇◇

そうこうしていると、メイドたちがドタバタと私の部屋を訪ねてきて、私主催の初めてのお茶会が始まった。

子爵令嬢マーガレットとしては、お茶会を一度も開いたことはない。

私にとっての初めての招待客。それが、この三人のメイドたちだ。他の令嬢からは、あり得ないと思われるかもしれない。けれど、私にとっては十分だ。

「マーガレット様！　厨房からクッキーをくすねて来たわよ。お茶と一緒に食べましょう」

「嬉しいわ。私、クッキーが大好きなのよね」

「イーノックが作るお菓子は、とりわけ最高なのよ！　お茶にはこれがないと始まらないわ」

詰めかけるようにやって来たメイドたちのペースで始まったお茶会。

いつもは無口なメイドたちも、休憩になればよく話してくれる。仕事中は、おそらく自分の業務に専念していたのだろう。

それが分かれば、ぐっと距離が縮まる。おかげで、ここぞとばかりに質問をぶつけた。

「ブランドン辺境伯の姿が見えないけど、どちらにいらっしゃるのかしら？」

「ご当主は兵士たちと、今日から三日間の演習に出ているから不在ですわよ」

「ってことは、鬼がいない！　ご当主の部屋はどちらにあるんですの？」

「三階に上がった右側の突き当たりですわ。扉の色が、唯一緑色ですから、すぐに分かりますわよ」

それならば、そもそも三階には行かない。

「初日に会ったきり、執事のニールさんの姿を見ていませんが、いらっしゃるのかしら？」

「もちろん。何か頼みがあるなら、今が一番のチャンスよ。無理っぽいお願いごとは、当主のいないときにニールへお願いするとなんとかなりますわ」

どういう理由か分からないが、おそらく、ベテランのメイドだから知り得る情報なのだろう。

気づけば昼下がり。お喋りなメイドたちとの会話が面白く、つい時間を忘れて話し込んでしまった。

こんなことは初めてだ。令嬢として参加した、これまでの舞踏会。どの令嬢たちも自分がいかに輝いているかを主張し合う。それでは私の出る幕はない。

だからいつも、彼女たちと、気の利いた会話ができなかった。

けれど、メイドたちは「肌荒れが酷い」とか、「髪の潤いがなくて困る」とか、我先に窮状を訴えるのだから、妙に話が弾む。

「みんな、この薬草茶を持って帰ってもいいわよ。それと手荒れには……。あった、この瓶ね。髪には、……こっちの瓶ね。欲しかったらどうぞ。半年後に実家に持って帰っても、ただ重いだけだし。荷物整理に協力してちょうだい」

それを伝えた途端、メイド三人が興奮気味に喋り出す。

「マーガレット様、私たちのような者に、いいのですか？」

「馬鹿ッ！　くれるって仰っているんだから、いいのよ！　余計なことを言わないの！」

遠慮がちな言葉を発した一人目のメイドのことを叱《しか》りつけた二人目のメイドが、うっとりとした表情に変わり、続けた。

「……嬉しいわ。だって、マーガレット様の美しい手と髪って、これを使っているからでしょう」

「私たちはマーガレット様の味方ですから、何なりと言ってくださいね。執事長ニールの部屋に用事があるんでしょう。ご案内しますよ」

揃いも揃ってひっつめお団子ヘアの見分けのつかないお姉様たち。誰が何を言ったのかよく分からないため全員に伝える。

「足りなければ言ってちょうだい。これくらいなら、その辺の林で材料は採れるから、簡単に作れるわ」

「遠慮なく、そういたします！」

メイドの一人が力強く言った。

手に入れた情報によれば、何かを始めるなら今が絶好のチャンスらしい。こうなれば早速、執事のニールさんの所へ行くしかない。

◇◇◇

メイドたちに連れられ、執事のニールさんの元へ向かう。

「場所を聞けば分かる」と断ったものの、にこっと笑うメイドの一人が、「ニールの部屋の隣は、ご当主の執務室なのよ」と言い出した。それを知り背筋の凍った私が道案内を所望したのは、言うまでもない。

間の悪い私であれば、間違えて敵地の扉を開く可能性が高い。

「そういえば皆さん先ほどから執事長を『ニール』と呼び捨てですが、一応、皆さんの上司ですよね？」

「いいのよ、本人の前では適当に執事長って呼んでいるから。私たちの中では、僕ちゃんは呼び捨てくらいが丁度いいわ」

「……そうですか」

「いいですかッ、マーガレット様！　ニールへのお願いは、偉そうに強気で言うのが大事ですからね。マーガレット様のように、すぐに引いては話になりませんよ。じゃぁ、この部屋ですから。存分にニールを誑し込むのよ！」

ボンッと背中を押された私は、ニールさんの部屋へ勢い良く飛び込んだ。

「おや？　マーガレット様。どうかされましたか？」

ノックもせずに入ってきた私を怪しむ。

目の前には、以前のオロオロの彼とは、まるで別人のピシッとしたデキる執事がいた。この状況、非常識に突入してきた私の方が、オロオロしそうになる。

だがここは、なんとか気を取り直し、お姉様たちの助言のとおり、すまし口調で言ってみた。

「あら？　こんにちは」

「ですから、ご用は何でしょう？」

「だから、今言おうとしていたのよ！」

「はあ……」

「時間がありすぎて暇なので、私にできる仕事はありませんか？　選《え》り好《ごの》みはしません、何でもしますから」

「マーガレット様にできることですか……。ユリオス様は、そのようなことをあなたに期待していないので、特にお願いしたいことはございません」

精一杯胸を張って頼んでみたが、毅然《きぜん》としたニールさんからサラリと言い切られ、彼の視線はすでに、書類に向かっている。

けれど、これくらいで引き下がるほど、私だってめでたいわけではない。

「ブランドン辺境伯の期待はさておいて、どういうわけか手違いの夫婦になってしまったのよね。あと半年をどう過ごせばいいのか教えて欲しいわ」

少し強気に出た私は、妹リリーの口調に似せて詰め寄った。人を誑し込むのであれば、一番見習うべき人物だろう。

「そう言われてしまうと……。マーガレット様の一件は、僕にも責任がありますからね。僕ができることであれば協力いたしますが……」

「仕事をちょうだい！」

「この時間では、洗濯場の仕事も掃除も終わっているころですし、できることといっても……」

「そこをなんとか、お願いします」

今にも泣きそうな、潤んだ瞳をニールさんへ向ける。

「それでは調理場でも覗いてみてください。何かできることがあるかもしれません。僕から厨房には声をかけておきますから」

「あっ、ありがとうございます！」

この瞬間。冴えないマーガレット人生で初めて、男性を誑し込むのに成功した。

だが、呑気に喜んではいられない。なんせ子爵家の実家では、毎日薬草採りと薬作りに明け暮れていたのだ。実際のところ、調理や洗濯などの屋敷の仕事をしたことはない。

家事全般の実践力は伴わないが、こういうのは初めが肝心だ。失敗すれば、もう二度と来るなと突き放されるのがオチだ。

「大丈夫よ。厨房仕事なんて、薬草を煎じるのと一緒だわ」

自分の手のひらで頬をパンパンッと叩き、気持ちを鼓舞《こぶ》した。

気合を入れたものの、何を着るべきか服装選びに迷ってしまう。

私の作業着は普通の洗濯では落ちにくい草の汁や泥で汚れることが多いため、何度も擦り洗をしているうちに着古し感が否めないのだ。私の事情を知らない従者たちに見せる恰好には、いまいち向かない。

なるべく真新しいものを探すのに手間取り、到着するのが遅くなったため、ニールさんはすでにいないと思っていた。

……それなのに、ニールさんが厨房で、オロオロしている。一体どうしたのだろう？

それを見ると、どうも嫌な予感しかしない。初日と同じ既視感を覚えながら尋ねる。

「……何かあったんですか」

「調理人のイーノックが、誤って鍋をひっくり返して、熱湯を被ったみたいなんです」

私が立っている位置からは見えていなかったが、作業台に隠れてもう一人従者がいたようだ。

「何をやっているのよ！　オロオロしていないで手当してあげなさい」

大声を張り上げ指示を出す。

そう……。火傷は初めの処置が大事だ。

「私が戻るまで、火傷したところを冷水で冷やし続けて待っていなさい。私の部屋から薬を持ってくるから！」

ニールさんをギロッと見ながら言い切った私は、慌てて客間まで駆け戻る。その途中、はたと気づく。

「あれ……待てよ」

一呼吸置き冷静に考えてみれば、まずいことをやらかした気がする。

これだけの大豪邸である。薬師や医師が常駐していても、おかしくない。

薬草師の真似事にすぎない素人の私が、しゃしゃり出る幕はなかったはずだ。

だが、一度口に出したからには、今更引くわけにはいかないだろう。

専門家が出てきたら、そのときに退散すればいいか。

――火傷に効く軟膏。

それは、リリー宛ての結婚とは知らずに、まだ見ぬ夫を想い作ったものだ。

夫が戦地で負傷するのではないかと、不安に駆られ、たくさん用意した薬の一つ。ドレスの代わりの花嫁道具の山の中に存分にある。だけど誰かに使う予定はない。

「馬鹿ね……そんな準備は必要なかったのに」

私は住んでいる客間に着くや否や、薬の小瓶が並ぶ棚に向かい、迷うことなく一つの瓶をぎゅっと握り、再び厨房へ駆け戻った。

――イーノックさんといえば、さっきメイドたちが持ってきた、おいしいクッキーを作った人だ。

しっかり、良くなってもらわないと、メイドたちとのお茶会に影響する。

それは手違いの妻生活において、貴重な情報源である。となればイーノックさんの火傷は、決して他人事《ひとごと》ではないのだから、俄然やる気がみなぎってきた。

◇◇◇

未《いま》だ、厨房に火傷を負った本人の姿は見えないが、オロオロの彼は立ち尽くしている。

「あれ？　イーノックさんは？」

「ここに隠れています」

「どうして？」

「完璧主義の彼のプライドが、失敗したのを認めたくないようで、大丈夫だと言い張っていまして」

「お湯を被って大丈夫なわけないでしょう！」

呆れながらニールさんに近寄る。

するとそこには、厨房器具の隅にしゃがみ込み、プルプル震えるコックスーツの男性の姿がある。

「あなたがイーノックさんね。薬を持って来たわよ」

気遣い口調で優しく伝えた。

「大丈夫です。大丈夫です。何もしなくて結構ですから。もう治った……。いや、そもそも火傷なんてしていませんから」

「嘘おっしゃい！」

額から汗を流す姿。どっからどうみても痛いくせに、ただのやせ我慢だ。

自分の失敗を恥じて、私には絶対に診《み》せないと言い張る姿は、思春期のような拗《こじ》らせおじさんに見えてしまう。

オロオロの執事といい、幼稚な嘘をつくコックといい。

……この屋敷は真面な従者がいないのかと首を捻る。


「マーガレット様……。薬なんて高価なものを、イーノックに使って良いのですか？」

「そんなことは気にしなくていいから、彼の腕を診せてちょうだい」

ニールさんがイーノックさんの体に触れようとすれば、腕を隠して抵抗する。

「痛くないですし……」

「いいから、つべこべ言わずに治療くらいさせなさい！　あなたの作るおいしいクッキーが食べられなくなったらどうするのよ！」

一喝する。その怒鳴り声にビクッとしたイーノックさんが何の抵抗もしなくなったため、軟膏を塗り、勝手に処置を施した。

「この薬を塗っておけば、すぐに痛みは引くはずよ。明日は皮膚の再生を促す薬に替えていくから、

ちゃんと診せてね」

「はぁ～」と、彼から気の抜けた返事しかないが、当然ながら私は全力を尽くし、最速で治す方法を提供するつもりだ。

全ては、メイドたちとのお茶会に欠かせないクッキーのためであり、行きつく先は鬼に遭遇するリスクを下げるという身の安全確保に繋がる。

ふと視線を移せば、私のことをずっと見ていたニールさんが、目を丸くする。

彼は私に一歩近づくと、感極まりながら興奮気味に話を始めた。

「ありがとうございます。マーガレット様が薬を持っておられて助かりました」

「大袈裟ね。医者を呼べばいいだけでしょう」

「残念ながら、医者に診せたくても、この時間はすでに診療所も閉まっていますから。高級品を従者にわけていただき、なんとお礼を申し上げればいいのでしょうか」

「この薬、私のお手製だから気にしなくていいけど。……まだお昼を過ぎたばかりの時間よ。診療所が閉まるなんて早すぎじゃないかしら？」

納得できずに首を傾げた。

「他領ではそうでしょうが、辺境の地は優秀な人材を集めるのが大変なんですよ。傷を負った兵士の治療も多いうえ、医者が少ないせいで一人の負担が大きくなりますから。そのせいで、せっかく呼び寄せてもすぐに去ってしまい、今は医者一人で往診もしているので、昼からは診療所が閉まるんですよ」

「……そうだったの」

かろうじて声を出せば、さぁーっと血の気が引く。

今の今まで知らなかったが、私の生命を脅かす新事実が浮上した。

もし仮に、ブランドン辺境伯の剣を一振りくらえば、この領内では医師に診てもらえないわけだ。

辺境伯にくれぐれも近づくなと宣言された身である。全力で辺境伯への接近を回避しなくては……

間違いなく死ぬ。

◇◇◇

「はぁ〜、今日も辺境伯は、いらっしゃらないわね……」

肩を落としてため息をついた。

窓の外を見ても、ブランドン辺境伯の汗を流す姿は見られない。

安心すべきなのに、どうしてか、もの寂しい気持ちになる。

昨日から分かっていたことだが、鬼のルーチンの観賞がなくなり、朝からすでに手持ち無沙汰である。

こうなればこの部屋に籠もっている必要はない。

朝食を済ませるとすぐに作業着に着替えた私は、部屋を後にした。

厨房はまだ、忙しい時間な気もする。内心冷や冷やしながらうっすらと扉を開け、そろりと覗く。

すると即行、にぱぁと笑ったイーノックさんと目が合う。

昨日とは、まるで別人への変貌にギョッとし、一歩後ずさる。

そんな私の心情とは裏腹に、全くお構いなしのイーノックさんが、犬のように駆け寄ってきた。

「マーガレット様あああぁッ！　昨日塗ってくれた軟膏のおかげで、火傷を負ったのが嘘のように過ごせています。厨房で作業をしていれば、火傷はよくありますが、痛みがここまで良くなる薬は初めてです。医者からもらった薬でも、ここまで効きませんからね。なんてお礼を言えばいいのか」

昨日はだんまりを決め込んでいたイーノックさんが、打って変わってよく喋る。

「効果があったと聞けただけで十分だから気にしなくていいわ。今日は早く治すために違う薬を持ってきたのよ。火傷の部位を診せてもらってもいいかしら」

イーノックさんは大人しく……いや違う。私が話し終える前から積極的に、火傷の部位を出しているではないか。

「うん、水疱は良くなっているわね」

それに満足した私は、患部に細胞の再生を促す軟膏を塗った。今後は、イーノックさんが自分で塗るといいだろうと、小さな瓶に詰めた軟膏を手渡した。

私がすべきことは、これでやりきってしまったわけだ。すでに暇人街道まっしぐら。

「なんか、凄い薬を碌な礼もせずにもらってしまい、申し訳ないです」

「そう思ってくれるなら、私が厨房でお手伝いできることをさせてくれない？　暇で困っているのよ」

「いいえ、恩人のマーガレット様に、させるわけにいきません」

「あっ、あの大根でも洗おうかしら」

作業台の上にある、土の付いた大根を指さした。葉っぱが生き生きしているし、採れたばかりの野菜だろう。

「そんなことは、マーガレット様にさせられません」

「暇人なんだから、いいじゃない」

「あっ、そういえば、菜園で野菜を作っていらっしゃる方が、蜂に刺されたから何か冷やすものはないかと先程厨房に来ていました。もし、それに効きそうな薬も持っているなら、彼に塗ってくれると助かります」

「その方の名前は？」

「ベン……」

「ベンさんね。分かったわ。ちょっと覗いてみるわね」

この会話を終えると、丁重に厨房から締め出された。今、彼から大袈裟なほどの見送りを受けている。

いい年のおじさんが、尻尾を振る犬のように手を振り、とても可愛く見えてきた。

そして今日は屋敷中をどんなに自由に動き回っても、辺境伯に遭遇することはない。ワクワクする。

こうなれば、鬼のいぬ間に思う存分、好き勝手にやらせてもらう。

思わず笑みがこぼれる私は、早速、イーノックさんから教えてもらった菜園へ向かうことにした。

◇◇◇

菜園に着けば、畑の中央に一人で立っている、いかつい体格の中年男性の姿がある。

ベンさんとは、あの人で間違いないだろうと思い、そろりそろりと近づく。

「ベンさんで合っているかしら？　イーノックさんから、ベンさんが蜂に刺されたと聞いて、薬を持ってきたけれど」

「ふ～ん、儂《わし》のために高価な薬を用意するとは、イーノックも随分と気が利くようになったもんだ」

「いえ、薬は私が煎じて作ったものです。効果は保証できますが、素人が作った趣味の品です。ベンさんが嫌でなければという話ですが」

「まぁ何でもいいさ。三日腫らしておけば、自然と治るからな。端《はな》っから医者に行く気もないし、お宅の作った軟膏を試しに塗ってもいいだろう。効果がなくても、恨まないから安心しろ。だが、悪化すれば切り付けるかもしれんがな、ガハハハッ」

そう言ってゲラゲラ笑う彼に、持っている小瓶をバッと奪われた。

しげしげとその瓶を見つめているが、あまりにも目つきが鋭い。切り付けると言われ、明日の私は大丈夫だろうかと、遠い目になる……。

ここはひとまず、恩でも売っておくべきかと提案する。

「そうだ。せっかくだから、私も畑仕事を手伝いますよ。こういう仕事は少々自信があります」

「いやいや。これは儂が楽しんでやっておるから、気にするな。作業を取られると、やることがなくなるからな」

「じゃあ、何か私にできることはないですかね……。厨房から追い出されてしまって」

「お前さんに、打って付けの仕事があるぞ！」

「何ですか！」

私は目を輝かせ、食い気味にベンさんの提案に耳を傾けた。

「兵士の宿舎へ行ってくれ」

出た！　ハイ論外。問答無用に聞く価値のないやつだ。

「あらゆる方向から却下します！　ではッ！」

踵《きびす》を返そうとすれば、私の手をビクともしない力で掴んできた。

「明日兵士たちの宿舎に、あんたの作った薬を持って行ってくれないか？　儂のせがれもそこにいて、明日演習から帰ってくる。稽古で負傷したやつらの薬が足りないのが実情だ。掠《かす》り傷程度の者は自然治癒するまで我慢するしかないと、ぼやいていた」

「いやいや、そんな恐れ多いことはできませんので、遠慮いたします」

確かに仕事を求めていたが、まさかの敵地に乗り込む依頼は受け付けていない。却下だ。

申し訳ないが兵士の宿舎に近づくつもりはない。死にたくないから隠れているのに、わざわざ自分から鬼に近づくのは自殺行為である。

「お前さん。儂にくれた薬の効果は保証すると言っていただろう。嘘なのか？」

「薬の効果に問題はありませんが。……それって、今、ブランドン辺境伯が赴いている演習ですよね」

「ああ、そうだ。明日、当主も屋敷にお戻りになるだろう」

「兵士の宿舎は軍の敷地内にあるんですよね。それならバッタリと、ブランドン辺境伯に遭うってことはありませんか……」

「ガハハッ！　隊長が宿舎に様子を見にいくことはない。お前さんが屋敷の仕事をサボっているのがバレないように、宿舎へ行っている間は、菜園の手伝いをしていたことにするから大丈夫だ」

違あああーうと、白目を剥《む》く。私の問題は、そこではない。

「じゃあ明日、待っておるぞ」

そんな私の様子に動じる気配のないベンさんが、するすると話をまとめる。その彼の気迫と勢いに完敗した結果。私の宿舎訪問は決定事項になってしまった。

仕事をしたいと言ったのは自分だが、よりによって敵地への侵入とは……。全くもって望んでいない。嘘でしょうと思う私は、危険を感知し、すでに泣きそうな顔になっている。

私なんかが、彼の仕事場まで押しかけているのが見つかれば、問答無用にあの世行きだ。

『ベンさん〜、違う意味で大丈夫じゃないです』と、心の中で絶叫した。

【ユリオス・ブランドン辺境伯視点】


訓練から戻り、三日ぶりの執務室。

俺は、しばらくぶりの机に向かうと、不在中に届いて未決箱に入れられていた書類に目を通す。

まずは、どんなものが箱に入っているかと、差出人をざっと流し見た。

そして目当ての一通で手が止まる。マーガレットの父親からの手紙だ。

やっと返事が来たかと、どの書類よりも先に封を開ける。

俺が、その手紙を読み終わった途端。ふつふつと、いら立ちが込み上げる。

目を疑うことに、『リリーが俺との結婚を拒んだため、マーガレットに何も知らせないまま代わりに嫁がせた』と。悪びれることなく、むしろ、それが当たり前のように書いてあるのだ。にわかには信じられない。

やっていることもおかしければ、子爵家当主に反省の色もない……。

勝手に嫁を取り替える非常識なことをしておきながら、この当主の反応は何なんだ？　納得しきれない疑問と怒りが湧く。

……まあ、それでも、マーガレットが俺の元にいるからだろう。

子爵家の当主は、彼女を案じ、事実を隠さず知らせてきたわけだ。

そこだけは、彼女の親として、娘を大切に思っていると汲んでやれる。

だが、そうはいっても、リリーが結婚に同意しないのであれば、初めから支度金を返せばいいだけの話。どうせ金に目がくらみ、返すのが惜しくなったのだろうと考えた。

……そういえば。

俺が送ったあの金は、ちゃんとマーガレットに使われたのだろうか？

会った初日のマーガレットの雰囲気からは、着飾っている風にも見えなかった。結婚の準備を整えたにしては、少ない荷物。大きな鞄を持ち込んだだけ。とても彼女のために使われたようには見えない。

それにしても、子爵家の当主は自分の娘に何も伝えず嫁に出すとは。……何を考えているのだ。それではあまりにも、マーガレットが可哀想だろう。

「……そうとも知らず。俺は彼女を怖がらせてしまったわけだし」

いろいろとマーガレットを疑っていたせいで、震える彼女に、俺は追い打ちをかけてしまったしな。

俺の記憶に鮮明に残るのは、泣きそうなマーガレットの姿。まずいな。自分も何も知らなかったとはいえ、一方的に言いすぎた。

彼女に何か言ってやらなくては、気に病んだままかもしれない。

この屋敷の中。どこかで会えば声をかけたいところだが、マーガレットは、あの日以来、俺の前には現れない。

俺に気を遣って姿を見せないでいるのか、俺に会いたくないのか……。

今更ながら、俺はどんな顔で話しかけるべきか？

悶々としながら俺は、部屋の中をぐるぐると歩き回り、ふと窓の外を見る。

すると、視界に飛び込んできたのは、畑に立つマーガレットではないか。

黒いパンツスタイルの地味すぎる妻は、まるで使用人にしか見えない。

俺が令嬢たちと会うのは夜会のときだけ。そのとき彼女たちは決まって、華やかなドレスを着ている。

だけど実際、貴族の令嬢は家ではあんなラフな格好なのかと困惑した。

そんなことはさておき、あいつ、あんな場所に入り込めば、偏屈な叔父上に怒られるだろうと、見ているこっちがハラハラする。

そして視線をずらせば彼女の近くに、しゃがみ込んでいる人物がいる。男だよなと思い目を凝らす。

「はぁッ！」

ま、まさかとは思うが……一緒にいるのは叔父上なのか！

嘘だろう……。

マーガレットが、あの気難しい叔父上と交流しているのか？　あり得ないと、自分の目を疑う。

勢い余った俺は、バァーンッと思いっきり窓を開け、その様子を食い入るように見入った。

人の話も聞かない自分本位の性格の叔父上。そのせいで、兵士のやつらも極力近寄らなかった。息子のカイルでさえ、二人で過ごすのが嫌だと言い出し、兵士の宿舎で暮らしているくらいだ。

それなのにマーガレットが一緒にいるとは……どういうことだ？

副隊長を現役で続けられる体力も腕もあるにもかかわらず、隠居生活がしたいと突然言い出し、今では野菜を作って悠々自適に暮らす頑固者……。正直なところ、俺でもあまり関わりたくないのが本音だ。

二年前に夫人を亡くし、目に見えて元気のなかった叔父上が楽しそうにしている。

最近来たばかりのマーガレットを気に入るとは、にわかには信じられない話だな。

朗らかな表情のマーガレット。その彼女の笑い声が聞こえそうなほど、楽しそうだ。

……マーガレットは、あんな顔で笑うのか。

初日に会ったときは、素朴だという印象しか持たなかったが、結構愛らしいかもしれない。

「派手な娘より、案外好みだな」

って、俺は何を考えているんだ！

自分から「マーガレットとは、結婚する気はない」と、彼女に宣言しているだろう。

あれだけ言っておいて、今更、撤回できるわけがない。

マーガレットとは、半年だけの手違いの夫婦だ。

それなのに今……、叔父上といる姿を見て胸がジリジリする。

「あああー駄目だ！」

このままでは、俺が釈然としない。

こうなれば、俺の方から話しかけに行ってくるか。

なんとも言えないそわそわする感情。居ても立ってもいられず、俺は急いで部屋を飛び出した。

◇◇◇

庭に到着した。だが、つい今しがた姿のあったマーガレットはいない。

「なぜだ……。彼女はどこへ行った?」

周囲を注意深く見渡すが、なぜかマーガレットは見当たらない。

ここまで来る途中に、屋敷の中ですれ違ってなどいない。

そうなれば彼女は、まだ外にいるはずだ。それしかない。

まあ、とりあえず叔父上は何か知っているだろう。そう考えて叔父上の横に立つ。

だがしかし……。当の本人は俺が近づいても、黙々と鍬《くわ》を振り下ろしている。

戦場では、誰よりも敏感に状況を察知していた叔父上が、周囲を見ていないわけもない。

俺が来たと気づき、知らんふりをしているのが、見え見えだ。……わざとだろうとムッとしながら声をかける。

「叔父上、マーガレットはどこへ行った?」

「あー……。採れた野菜を厨房へ運んでいるところだ。どうしたんだ? 当主自らわざわざ動き回りおって」

「マーガレットに用事があるからだ」

「たかだか使用人一人を捜すのに、そんなに焦るなど、いつものお前らしくないな」

「あいつは使用人ではない。俺の妻だ！」

「ふん、笑えない冗談を言いおって。マーガレットは雑用をくれと言っておった」

「冗談ではないからこうやって捜しているんだ！　分かるだろう」

「マーガレットは一言も妻だと言っていなかったぞ？」

「俺とマーガレットの結婚について説明しただろう」

理解しているはずなのに、この件には一切触れてこない叔父が、再び「厨房だ」と彼女の居場所を教えてくれた。戦況の察知能力は、ずば抜けて高い反面、自分の都合を押し付けるきらいがあり、普通の会話が真面に成り立たない叔父上だ。

本当は知っているくせに、自分の都合の良いように知らない振りばかりするから、カイルが自分の父親を毛嫌いしているのだ。

そんな叔父上が、マーガレットを庇い立てる理由もないだろう。むしろ自分の都合の良いように、マーガレットへ雑用を一方的に押し付けた気もする。彼女は野菜を運ばされているのか……。

途中でマーガレットとすれ違ってはいない。どうやって厨房まで向かったのか、いまいち腑に落ちないが、大人しく後を追う。

【マーガレット視点】

私は蜂に刺されたベンさんの状態を見てから、本日、遠征から戻ってくる兵士たちの宿舎へ向かう予定だ。

一晩考えたが、私の気持ちは、そこに行くべきか定まり切らない。

ベンさんの元へ行く途中、私の足取りは重く、もう何度目になるか分からない程、足がもつれている。……そう、今だって躓《つまず》いて転びそうになった。

今朝起きてからというもの、ブランドン辺境伯が鬼の形相で激昂する姿が頭を過《よぎ》り、身震いが止まらない。

人の気持ちを逆なでするのが得意な私である。辺境伯に遭遇したときに少しはマシな言い訳をしなくてはいけない。

だからこそ、見つかったときの言い訳を、今から練習しておこうと思ったのだが、全く妙案が浮かばない。こんなことで本当に大丈夫だろうか。

手違いで妻になった女が断りもなく、ブランドン辺境伯の重要な場所に潜り込むのだ。

それも、怪しげな自前の薬を持って。どっからどう見ても、不審者だろう。

……見つかれば問答無用に殺されるかも。

私は辺境伯の剣を一振りされる未来を精細に想像しながら、ベンさんの待つ庭へ到着した。

すると、私を見つけたベンさんが、鬼気迫る顔で走り寄ってきた。

「遅い！　待っておったぞマーガレット」

「あはは。女にはいろいろ準備が必要なんですよ」

適当な言い訳をした私は、手籠《てかご》に詰め込んだ薬の瓶を見せた。

実際、薬の準備に要した時間は三分。私の気持ちの整理に三十分以上かかった。嘘ではない。

すると彼は「ほらッ」と左の甲を向けて突き出してくる。

「見てくれ。蜂に刺されて腫れた手の甲が、あっという間に元どおりになった」

「すっかり良くなっていますね」

「しかし驚いた。これまでに傷を負うことは多かったんだが、ここまで効果のある薬を使ったことはないな」

「ふふっ、お世辞がお上手ですね」

まあ、お世辞と分かったうえでも、嬉しいものは嬉しい。

私は薬草師ではないから、これはあくまでも趣味の範疇《はんちゅう》。その趣味が誰かのためになったと言われれば、大袈裟な話ではなく、心底喜ばしい。

「これなら兵士のやつらも、マーガレットの薬を喜ぶだろうな」

「それならいいのですが」

「お前が半年後にこの屋敷を出ていく理由が、結婚でないのなら、儂のせがれの嫁にして、義娘として迎え入れたいくらいだな」

「ははっ。私も考えておきますが、でも、それは息子さんの気持ちもあるので無理でしょうね。ちなみに、まだ、その息子さんの名前を聞いていませんでした」

嫁だの、結婚だのといった適当な求婚。この類の話は社交界でよく遭遇する「いわゆる社交辞令」というやつだ。

実は私、これをかわすのは、思いのほか得意だ。

見た目は普通で輝かしい花もない私に、出会ってすぐ、本気で言い寄る貴公子がいるわけがない。私だってそれぐらい心得ている。父からもそう諭されてきたし。

「儂のせがれの名前はカイルだ。その辺の若いやつにベンの息子と聞けば、すぐに分かるだろう」

ブランドン辺境伯領は、思った以上に世間が狭いのか？　それともベンさんの顔が広いのだろうか？

そんな説明で都合良く、顔も知らないカイルさんが見つかるとは思えない。もっとヒントをくれと求めた。

「あのー。カイルさんは、どんな方ですか？」

「気にせんでも大丈夫だ。少しでも早く行ってやってくれ！」

……全く会話にならず、思わず白目を剥いた。

これだけの情報では、どう考えても不十分だ。声をかけた兵士から質問されても、探し人の特徴も伝えられないのだ。「ベンの息子のカイル」では、到底見つかりっこないし、行ってみたところで子どもの遣《つか》いにもならないだろう。

「ふふっ。もう、ベンさんは適当すぎますよ。私、相当にどんくさいんですよ。息子さんを見つけられなかったら、ベンさんのせいですからね」

「ああ。ベンに頼まれたと文句を言えば、すぐに分かるさ」

これはベンさんの説明が悪い。兵士の宿舎でカイルさんが見つからなければ、帰ってくればいい。

それくらいの気持ちで行くしかないだろう。

なんせ、ブランドン辺境伯軍の兵士たちの宿舎。私にとっては、危険地帯であることに間違いないのだから。

◇◇◇

ブランドン辺境伯家の敷地に隣接する辺境伯軍の基地に、兵士たちの宿舎がある。

敷地から一本道を十分程歩く。すると一気に視界が開け、大勢の兵士の姿が見える。

兵士たちの宿舎の壁は緑色だと言っていたが、おそらくそれは、目の前にある三階建ての建物のことだろう。

自分の目の前を、屈強な兵士らしき人物が、わんさと往来しているのだ。

誰に当たりを付けようかと、やきもきしながら周囲を見回す。キョロキョロと。

そんな私はどう見たって挙動不審人物だろう。

こうなったら摘み出される前に、早く誰かに声をかけた方がいい。

下級兵であれば隊長である辺境伯に直接繋がることはないため、なるべく若くて、弱そうな人を選んで声をかければ大丈夫なはずだ。

そう思っていると私のセンサーに、一人の人物が反応した。若くて穏やかそうな、細身の兵士が少し離れた場所を歩いている。

――丁度いい人を見つけたと思い、彼に狙いを定めて駆け寄った。

「あのーすみません。演習から戻ってきた、カイルさんに会いにきたのですが」

「カイル？　たくさんいる兵士の中でもよくある名前だ。どのカイルか分からないのだが？」

「ブランドン辺境伯の屋敷で働いている、ベンさんに依頼されてこちらに来た、マーガレットと申します。これ以上の情報はないので、もし分からなければ、無理に捜す必要はありません」

むしろ知らないと言ってくれ。及《およ》び腰の私は、もう帰る準備はできている。

「ああー、彼のことを言っているのか。それならこっちだ」

と、宿舎とは違う建物へ向かい数歩進んだ。

「隊長の奥様に遣いをさせるって、あの方は相変わらずですね」

「は⁉」

目をパチクリさせて彼を見つめる。

嘘でしょう。この人、今、私のことを「隊長の奥様」って呼んだわよと、心臓がさらに激しくバクバクする。

一瞬で身元がバレるなんて、どういうことだろう？

これは超絶まずい。私が職場に押しかけて来たと、即刻、辺境伯にバレてしまうではないか！

◇◇◇

はたと思う。辺境伯は、私との結婚を兵士の皆様に話しているのだろうか。

半年後に離婚するのに、わざわざどうしてかしらと、困惑の顔を彼に向ける。

「あっ、安心してください。ブランドン隊長が結婚したことも、あなたのことを知っているのも、僕だけです。他の一般兵は知りません。僕は隊長といる時間が長いので、聞かされただけです。そんなに困った顔をしないでください。『マーガレットさん？』でしたよね、僕は副隊長のギャビンです」

「ははは……」

……まさかの副隊長だった。

ギャビンさんへ挨拶も返せず、空笑いを出すのが精一杯の私は、どこまでも人を見る目がない。

『穴があったら入りたい』その言葉は、こんなときに使うんだと理解した。

私は一番下級兵士に狙いを定めて声をかけたつもりだ。

それなのに……。よりによって、唯一私のことを知っている人物に声をかけるなんて間抜けすぎる。

こうなれば、モタモタしている暇はない。今の私の課題は副隊長の口封じだろう。

「ギャビンさん、私がここへ来たことをブランドン辺境伯には伝えないでください。あと、他の兵士たちにも、私が手違いの妻であることは、内緒にしてくれると助かります」

「それは約束できません。僕は、あなたのことはよく知りませんが、隊長とは互いに命を預け合って仕事をしています。カイルのお父様から何か頼まれた用事だけなら隊長へ報告する気はありませんが、害になることを企んでいるのなら、容認できませんからね」

ブランドン辺境伯は、『血を求める辺境伯』と呼ばれているが、どうやら部下にはとても信用されているようだ。

口調は至って穏やかな副隊長。その彼から、ぴしゃりと言われ、適当に誤魔化すことはできないと、私も腹をくくる。

「しっかり考えもせず、自分の都合を押し付けてしまい、申し訳ありません。ブランドン辺境伯に報告するかどうかは、ギャビンさんが判断して構いません。私はベンさんに頼まれて、傷を負った兵士の皆さんへ薬を持ってきました」

私の顔を真剣な眼差しで見ているギャビンさんは、私が信用できる人間か？　それを確認しているみたいだ。

「薬は十分に足りているとはいえないので、助かります。……その籠を預かればよろしいですか？」

ギャビンさんが、私が抱える籠に向け、ひょいッと手を伸ばそうとする。だが駄目だ。私は籠を取られまいと、咄嗟《とっさ》にかわした。

「私が作った薬は他の方には分かりませんから。症状や傷の状態に合わせて、細かく使い分けるんです。ご迷惑でなければ、薬の必要な方に直接会ってお渡ししたいんですけど」

「マーガレットさんが薬を作られるのは、知りませんでした。凄いことをされていますね」

「少しだけ得意なんです」

「僕がご案内したいところですが、これから所用があるので、カイルを連れてきます。少しだけこちらでお待ちいただけますか？　カイルに兵士の宿舎を案内してもらってください。あの方もそのおつもりだったのでしょうから」

「ありがとうございます！　でも、ブランドン辺境伯が嫌っている私のことを、カイルさんが宿舎へ招き入れてしまっては、後から問題になりませんか？」

「それは問題ありませんから気にしないでください」

と言い残し副隊長のギャビンさんが立ち去った。

しばらくしてから、私の前に颯爽と登場したのは、ダークブロンドの髪をサラサラと揺らす美形。

ベンさんには似ても似つかない好青年だった。

カイルさんが、私の想像していた人物像と、あまりにもかけ離れているため目を疑った。

「マーガレットさんですね。どうせ僕の父があなたに無理を言ったのでしょうね」

「はい！」

「ふふっ、正直な方ですね。強引な父に代わって謝りますね」

「ベンさんは薬を持っていけと仰っていましたが、必要なんでしょうか？　なんだか余計なことをしに来た気がします」

「薬を持ってきていただいたのは、本当に助かります。重いでしょうから籠は僕が持ちますよ」

エメラルドグリーンの瞳を細めたカイルさんが、さりげなく私の抱える籠を持ってくれた。女性の扱いに手慣れた姿に感心する。

父親のベンさんが勝手に嫁を探さなくても、引く手あまたの彼に、私なんぞはお呼びでない。余計なお世話だろう。地味な私に、彼の嫁候補はあり得ない。

「カイルさんは、ベンさんに少しも似ていないですね」

「よく言われます。マーガレットさん、僕のことはカイルと呼び捨てでいいですよ。副隊長から聞きましたが、薬草師なんですって。そのような方に気を遣われると、僕の気が引けます」

「薬草師ではないわよ。趣味で林の中に入ったり、山に登ったりして薬草を集めて、薬を作っているだけだもの」

「……趣味？　ざっと十種類以上ありますよね、この薬……」

カイルは、籠の中の瓶を興味深く見ている。ごく僅《わず》かにしか色合いが違わないのに、気づけるなんて、なかなかのセンスだ。

「それが違う薬だって、よく分かったわね。……でも、持ってきたのは二十種類よ。その場で混ぜ合わせることもできるし、それだけあれば、大体なんとかなると思うわ」

「……凄いですね」

「そうかしら」

「父はきちんとお代を払ったのでしょうか？　これだけの量の薬って……僕の給金の何か月分なんだろう……」

「お金？　そんなのいらないでしょう。必要な人にわけるために、好きで作っているだけだもの」

するとカイルが、まじまじと見つめてきた。

「マーガレットさんに、恋人はいますか？」

「いないわよ、そんな人は」

手違いの夫ならいるけど……。

まあ、そんなことは聞いていないだろうし、言えるわけもない。

「次の薬草採り、僕が一緒にお供しますよ。何でも言ってください」

「本当!?　そんなことを言ってくれる人は初めてよ」

「こう見えても力はありますから、きっと役に立ちますよ」

キラキラ眩しい笑顔を見せた。

「どんくさいから、相当に手がかかるわよ。足手まといになって、途中で嫌になるかもしれないけど、いいの？」

「ふふっ、随分と心配性ですね」

「だって……」

「全く気にしませんから、採りに行きたい薬草があれば、僕に言ってくださいね」

「頼もしいわ」と彼を見つめて頷く。

今日はついている。子爵家の従者たちでさえ嫌がった私との薬草採りに、自ら名乗りを上げた人物をゲットしたのだ。

まあ、カイルは鍛錬がてらに付き合うと言ってくれているのだろう。ありがたい。

やたらと気遣いのできるカイルと宿舎内を、兵士たちへ薬を配るために駆けずり回れば、何はともあれ、ブランドン辺境伯に見つからず、彼の職場を後にした。

これだけ動き回っても、この屋敷にやって来た日以降、辺境伯には会わずに済んでいる。

となれば、この調子でこのまま会わずに、半年後に離婚できる気がしてきた。なんとか逃げ切ってみせるわ。

【ユリオス・ブランドン辺境伯視点】

叔父上が、「マーガレットは厨房へ行った」と言うから、忠実に後を追って来たはずだ。

だが、どこをどう見ても、本人の姿もなければ持たせた野菜とやらも見当たらない。

「俺は走ってここまできたのに、一体どうしてだ?」

悠長なマーガレットの歩調であれば、途中で追いついてもおかしくなかっただろう。

……本当にマーガレットは、ここに来たのか? そんな疑問が浮かぶ。

このまま黙ってマーガレットを待つより、使用人に聞く方が早い。

……だが、周囲を見渡したが、よりによって、この場にいるのは人に興味のないイーノックのみ。

全くもって当てにならないなと考えながらも、一応声をかけた。

「俺の妻が、野菜を持ってここへ来なかったか?」

「…………。来たはずだけど、いちいち、いつ来たか覚えていないですよ」

そう言い終えて、俺の傍からふいっと離れていった。やつの背中に「だよな」と返した。

イーノックが料理以外に気を向けるわけがない。当主の俺にだって、この態度の男だ。

半年後にいなくなる辺境伯夫人に、関心を持つわけないだろうと割り切った。

どちらにしろ他の行き先もないはずだ。そうなれば、マーガレットは自分の部屋へ戻ったのだろう。

待ち伏せをするより、そちらを訪ねる方が早い。

マーガレットが使っている客間の場所は、ニールから聞いていないが、毎朝、彼女の姿が窓辺に見えているから間違えようがない。

彼女がいるのは一階の突き当たり。一番奥の角部屋だ。脇目もふらず一直線に向かった。

「マーガレット。話があるんだが――……」

扉を叩きながら声をかけるものの、シーンと静まり返り、扉は開かない。居留守かと思い再び声を張り上げる。

「マーガレット！　いるんだろう。話があるんだ」

静まった廊下に、俺の声がこだまするだけ。何の応答もない。

虚しいまでに、中から人の気配を感じない。

「――ってことは部屋にいないのか？」

彼女はどこへ行ったんだ？

買い物か？　いや、買い物だって商人を呼び出すだけでいいんだ。この屋敷の中で全てこと済むだろう。

そもそもマーガレットに、欲しい物や行きたい場所なんてあるのか……？　想像がつかない。

彼女のための護衛も付けていないのに、大丈夫だろうか。あんな子どもみたいな女がうろついていれば、人さらいにでも遭遇しそうなものだ。

まあ、どちらにしろ仕方ない。明日出直すかと、今日は諦めた。

◇◇◇

早朝。日が昇ってすぐにもかかわらず、マーガレットの姿が窓辺にある。確かに存在する。

以前も俺を見ていたが、今日もチラチラと窓から俺のことを気にしているようだ。

俺が稽古を始め、かれこれ一時間経過した。今日は早々に切り上げて話をしに行くか。

今すぐ彼女の部屋へ向かえば、マーガレットに会えるのは間違いないからな。

剣を鞘《さや》に戻すと同時。足早にマーガレットの姿がある部屋を目指した。


ゴンゴンゴンゴン――。

早く開けろと急《せ》かす気持ちが、思いのほか、ノックに込める音を大きくさせた。

少し待つと、まるで、こちらを窺うように、そろりそろりと扉が開く。

『やっと妻に会えた』と気持ちが高ぶったのも束の間。扉を開けた人物は、目を吊り上げたメイドの一人だった。期待とは違う姿にガクッと肩を落とす。

「マーガレットに話がある」

語気を強め、早く出せと急《せ》かす。

「マーガレット様は、今、この部屋にはいませんよ。私共が掃除をするとお伝えしたところ、出ていきましたから」

「嘘だろう。今の今までいたのにか？」

「タッチの差ですから、悪しからず」

相変わらず強気なメイドが、きつい口調で言い切り、扉が閉められた。

「は？」

……信じられない。

急いで来たのに、この短時間でマーガレットを逃したというのか。

立ち去ろうと振り返れば、気配もなく後ろに立っていた人物と、ドンッとぶつかった。

「――いたッ！」

「おっとすまん」

この人通りのない客間の前に人が立っているとは、油断した。

いや、それよりも、こんな所に厨房から抜け出してきたイーノックがいるって、一体どういうことだと目を丸くする。

「どうしたイーノック、食事に問題でもあったのか？」

「ご当主の方こそ、こんな所にいるなんて珍しいですね。問題なんて何もありませんよ。マーガレット様のお好きなクッキーを持ってきただけですから」

「今、部屋にマーガレットはいなかったぞ」

「そうですかい？　じゃあ、部屋の中にいるメイドたちにでも渡しておきますからお構いなく、ほんじゃ」

あいつは腕だけはいいが、人と関わるのが苦手な、根っからの職人気質《かたぎ》だっただろう。

そんなやつが、わざわざマーガレットの好きなものを、部屋まで届けるとは、この屋敷の中で何が起きている……。

マーガレットは俺の不在中に、本当に何をしていたんだ？

それにしても…………。

イーノックとマーガレットで、何もあるわけがないと分かっていてもだ。

マーガレットの好きなものを俺は知らないが、他の男が知っているのは……後味が悪い。

なぜイーノックは、彼女の部屋にメイドがいることまで知っているんだ？

屋敷の中で俺の知らないことが増えているが、全部マーガレットの影響なのか……。

◇◇◇

今朝、客間の周辺から屋敷中を隈なく捜したが、結局、マーガレットは見つからなかった。

気の強いメイドが、「掃除をするのに邪魔だ」とマーガレットを追い出したのだろうが、彼女はどこに身を潜ませたというのだ？

マーガレットと話がしたいのに、会えない。

……これでは、彼女を傷つけた俺の言い訳もできないままだ。

執務室で頭を抱える俺の元へ、上機嫌のニールが顔を綻《ほころ》ばせながら訪ねてきた。

こんな顔を見せるのは、大概勝手なことをやっているときと決まっている。メイドたちに脅されているのを「頼られている」と勘違いをし、適当な仕事を引き受ける単純な男だ。

嬉しそうなニールを見て、呆れながらに尋ねた。

「なぁニール。マーガレットはいつも何をしているんだ？」

「っさぁ？　最近はベン様の所へ行かれていることが多いようですが、詳しくは分かりません。あっ、でもお元気ですので安心してください」

「ニールはマーガレットの姿を見ることがあるのか。俺の前には全く姿を現さないのにな。初日に彼女を怖がらせすぎてしまったか」

「ユリオス様の気迫で睨まれたら、避けたくもなるでしょうね。僕だって怖いですもん」

「そんなに怖いか……」

「ええ」

「いや、お前は全然怖がっていないだろう。いつも、いつも俺が不在にしている間に勝手ばかりして。お前みたいな、『後から報告すればいい』なんて適当な仕事をしているやつが、俺のどこを恐れているんだ。ったく、くだらんことを言ってないで、今度は何を勝手にやらかした。さっさと報告しろ！」

「ははっ、おかしいですね――。あっ、そういえば大事な報告を忘れていました。イーノックが火傷を負ったときに、マーガレット様が作られた薬でイーノックを治療なさったんです」

報告を忘れていたというのに、あっけらかんと言い切った。

「おいッ、マーガレットが薬を作るって、どういうことだ！」

「どうやら趣味らしいですよ。それも、信じられないほど効果抜群って話です。人の頼みごとを聞かないあのイーノックがマーガレット様になついちゃって。まるで忠犬のようになっていますからね」

「嘘だろう……」

彼女の部屋の近くでイーノックと会ったときに、おかしいとは思ったが、まさかそんなことがあったとは。

だからあいつは、自分からマーガレットにクッキーを運んでいたのか。

「あのベン様がマーガレット様の薬の効用を熱弁されていたので間違いありません。部屋の棚にびっしりあるらしく、メイドたちが虎視眈々《こしたんたん》とお裾分けを狙っています」

「薬を作るのは、妹のリリーの話ではないのか？」

「妹さんの話は知りませんが、マーガレット様が草を持って歩いている姿もお見かけしますからね」

「何がどうなっている？」

やはり、早急に彼女と話をしたい。

彼女が薬を作るとなれば、この結婚を「手違いだ」と言ったことは、早急に取り消すべきだろう。

毎朝俺の稽古を窓から覗いているということは、俺を嫌っているわけではないはずだ。
まあ、なんとかなるだろう。

第3章　逃げ惑う手違いの妻、追いかける夫

【マーガレット視点】


昨日といい、今朝といい、ブランドン辺境伯は私に物申したいことがあるようだ。

もしかして、彼の職場まで押しかけていることが早速バレてしまい、逆鱗に触れてしまったのかもしれない。

「きっとそうだ。間違いないわ！」

今朝は鞘に収めた剣をそのまま握りしめて走っていたもの。

「……終わった」

彼と遭遇すれば、あの剣で一振り確定だ。

今朝、突然押しかけて来た手違いの旦那様。

私が窓から覗いていることに気づいた途端、血相を変えて全速力で走り出したのだ。

辺境伯はこれまで、まるで私に関心がないようだから油断しきって窓辺で過ごしていた。それがまずかった。

彼は扉が壊れそうな勢いでバシバシと叩き、「私を出せ」とメイドを怒鳴り激昂していた。

辺境伯のあの勢いでは、「私は間者《かんじや》ではありません」とグダグダ伝える前に、問答無用であの世行きだろう。

今朝は一番年長のメイドが、ブランドン辺境伯を追い返してくれたけど、これからはより一層気をつけないと危険だ。

◇◇◇

私は二日続けて兵士の宿舎へ薬を運んだ。兵士からの要望を受けて。

そうして、今まで知らなかったブランドン辺境伯の話を聞き貯めた。

毎朝観賞している彼の鍛錬。ブランドン辺境伯の少しの妥協もない稽古の意味は、部下の皆さんを守るためのようだ。

耳にしたブランドン辺境伯の評判は、「隊長は口が悪いけど、いつだって自分たちを守ってくれる」と、兵士の皆さんが口を揃えて言うくらい、信頼が厚い方だった。正直いって、今、命を狙われている私としては同意し兼ねるが。

どうやら辺境伯の左肩の動きが悪いのは、副隊長のギャビンさんを庇《かば》って受けた傷が原因らしい。

多少時間はかかっても、薬を塗れば良くなるかもしれない。毎日彼の様子を見ていれば、そう思えてならない。

だけど一番の問題は、その薬も、その材料も、今は持っていないということだ。

その薬の原料は、そもそも軽々しく採りに行ける素材ではない。気合が必要だ。

あれを作るとなれば、どんくさい私が山に登らなければいけない。結構な大仕事である。

ヘンビット子爵領で登山経験はある。

そのときは、途中従者から見放される事態になり、死にかけながらやっとの思いで山頂まで登れた。

そんな私である。正直、初めて挑戦する山に登るとなれば、ちょっと自信がない。

薬を作るとなれば、茸が生える時期に合わせて山へ採りに行ってからの作業だ。半年しかいない私が作れるだろうか……。

カイルは私に付き合ってくれると言っていたけど、それをどこまで当てにして良いのだろうか。山に登るとなれば早朝から入山したいし、前日からの泊まりがけになるかもしれない。

少し様子を見てから頼んでみるべきか。


【ユリオス・ブランドン辺境伯視点】


毎朝日課にしている剣の素振り。

ビュゥン――、ビュゥン――……。と風を切る音はいつも以上に小さく、これほどまでに集中できない稽古は初めてだ。

窓辺に見える、マーガレットの姿が気になって仕方ない。

すでに着替えを終えた彼女が、じーっと俺を見ているため、背中に視線が突き刺さる。

俺がここで稽古を始める前から、まるで俺を待っていたように、窓辺に妻の姿があった。

俺があの客間へ視線を向けなければ、マーガレットは俺の稽古をずっと覗いているようだ。

だが、マーガレットの方へゆっくりと顔を動かすと、ハッとした様子で身を隠している。

その動きを見ても、彼女はぼんやりと外を眺めているわけではない。

間違いなく俺を気にして、動きを注視しているのだろう。

視線を向ければ隠れてしまうから、このまま気づかない振りをしているが、すでに一時間以上経つ。

マーガレットが俺の姿を見飽きるのはいつなのか？　それを試しているが、飽きることなく俺に見入っている。となればこれは、俺に興味があると思ってもいいだろう。

いや、あの視線はもはや好意だろう。そうでなければ、何だと言うのだ。

俺は嫌いな女を一時間も見つめない。そもそも睨んで終わりだ。

ということは、マーガレットも本心では俺と夫婦として歩みたいと考えているはずだ。

「よし！　この状況、すでに俺たち二人に何の障害もない！」

そもそも俺たちは、二人の署名がされた結婚誓約書を大聖堂に提出した、正真正銘の正式な夫婦なんだ。誰が何と言おうが、れっきとした夫婦である。

まあ……。しっかりしているようで、どこか抜けている彼女のことだ。なかなか俺に気持ちを言い出せないだけなんだろう。

だから、俺から動き出すべきだと分かっている。意を決し、全速力で駆け出した。

「マーガレットーー！　今行くからな！」

彼女の部屋の前で、夫が来たぞとノックで知らせる。程なくして、カチャリとドアが開く。

「マーガレットーーー」

「ご当主。大声を出さなくても聞こえますし、マーガレット様は部屋にはいらっしゃいません」

「そんな馬鹿な。今の今までいただろう！」

「またしてもタッチの差です。悪しからず」

バタンッと扉が閉まる。

「は⁉　じゃあどこにいるんだ――。おい！」

と叫んだものの、中から反応はない。

……なぜだ？　この短時間で、俺の妻は部屋から忽然《こつぜん》と姿を消している。

マーガレットを捜し回れば、いつも決まって従者たちしかいない。

油断全開で、あんなに堂々とこちらを見ているようなマーガレットに、到底小細工はできそうにない。

……にもかかわらず、マーガレットを捕まえられずにいる。

彼女は外にいるのだろうと考え、外へ飛び出せば、若い馬丁《ばてい》と目が合った。

「マーガレットを見なかったか？」

「ああ……少し前に中庭にいた気がします」

「は？　少し前まで俺がそこにいたんだ」

「ご当主様の所に向かっていたんじゃないですか？」

「すれ違ったというのか……？」

「それはどうか分かりませんが、外でマーガレット様をお見かけしましたから」

果たして本当なのかと疑念を抱く。そう言われて出会った例《ためし》がない。

従者たちへマーガレットの話を聞いても、どいつもこいつも信用のならないことしか言わない。

……やばい。マーガレットのことを考えれば考える程、ますます混乱してきた。

◇◇◇

「いた――！」

見つけた。マーガレットが外にいた。

彼女の姿を発見した俺はすかさず木の陰に隠れ、彼女がどんな行動に出るのか、見守ることにした。

若い馬丁二人と中年の御者。笑顔の彼女は、彼らと楽しげに喋っている。

初めのうちは、マーガレットと親しくしているのは、叔父上とイーノックだけだと思っていたのだが、意識して彼女を見ていれば、馬丁や御者、庭師とも親しげに話をしている。

夫の俺は、結婚初日に交わした会話以降、こうして陰から盗み見するのが精一杯。話もできやしないのに。

「悔しい……」

隠れる木にガリッと爪を立てる。

夫の俺が妻を陰から覗いている時点で、ただの不審者だろう。どう考えても。

「マーガレット……」

彼女の声さえも、記憶のかなたへと薄れてきた。

この屋敷の中で、俺以外は彼女と普通に関わっているうえ、彼女が若い馬丁にベタベタと触ってい
た。羨ましい。

「ではない！　おい！　俺の妻が他の男に触れていいわけないだろう！　早く手を洗え」

わなわなと拳を握る。まずい。このままでは彼女を叱りつけそうだ。マーガレットへ好きに過ごし
て良いと告げたくせに。

さすがに、この感情のまま彼女へ近づくわけにはいかず、その場は引いたが次は無理だ。

明後日から、しばらく長期の遠征に出て屋敷を空ける。それなのに、俺とマーガレットの関係を少
しも縮められないいままだ。

ああああー畜生。

なんとしてもこの関係を打破したいんだ。

「マーガレット！　頼むから逃げないでくれ」


【マーガレット視点】

朝の空気が清々しい晴れた日。

こんな日は、より一層観賞日和だ。

朝は彼の鍛錬を見るのが、もうすっかり日課となっている。

ブランドン辺境伯が怖いはずなのに、いつも真剣な彼に見入ってしまう。

もちろん、彼がこちらを見るときには、瞬時に身を隠すのは怠っていない。なので手違いの夫は、私が見ていることに気づくわけもない。

「あら？」

今日のブランドン辺境伯は、いつも以上に熱の入った稽古をなさっているようで、脇目もふらず、集中なさっている。

もう間もなく「長期の遠征に行く」と兵士さんたちが言っていたから、そのためかもしれない。相変わらず真面目だ。

だが、「うーん」と思わず唸り声が出た。

彼の剣の鍛錬を見ていると、やはりこのまま放っておけない。そんな感情がふつふつと沸きあがる。

長時間剣を振ると、左肩の動きがますます悪くなるようで、あれでは長期に及ぶ隣国との戦いに出れば危険だろう。

離婚までの時間の使い方を、そろそろ真面目に考えるべきかもしれない。


【ユリオス・ブランドン辺境伯視点】

確かに俺は、遠征に出て屋敷にいないことが多い。

一か月単位で留守にするのは、よくある話だ。

「だとしても！　結婚して三か月経っても屋敷でマーガレットと話せないのは、絶対におかしい」

自分の部屋で独りごちる。

「寝る直前に部屋を訪ねれば、余計な従者もいないはずだ。ならば今夜、部屋へ行くべきか」

いや……。俺でも分かる。それは、やめるべきだろう。

今の二人の関係では、余計に話がこじれる気がしてならない。遠征を目前にした軍人が、欲望のまま女を抱きにきたと誤解されるだろう。断じて違う。俺はただの欲望の虜《とりこ》ではない。

朝、俺が兵士たちの宿舎へ向かう直前。この時間であればマーガレットは部屋にいるはずだ。

そう考え、すっと襟を正す。鏡に映る自分にうんと頷き、戦場へ赴く前と同じくらい真剣な気合を入れた。

マーガレットの部屋の前にそっと静かに立つ。

薄く飾り気のないシンプルな扉。俺は息を止め、少しの音も立てずに耳を澄ます。

よっしゃー！　右手を強く握り、ガッツポーズが出た。

部屋の中に人の気配は……ちゃんとある！

部屋を出る前に何度も鏡で確認を済ませた騎士服姿は、一糸の乱れもない。俺の準備は完璧。

そのうえマーガレットは絶対に部屋の中にいる！　運命の再会のときが来た――！

そう確信した俺は、廊下に響き渡るノックと同時に声をかけた。

「おい、マーガレットいるんだろう！」

いよいよ会える。待ちに待ったこの瞬間。早く扉を開けてくれ。

その期待から、僅かな緊張を感じる俺の目に飛び込んできたのは、バァーーンッと強く音を立てて開く扉。

えっ⁉　俺に怒っている――。

そう思い、慌てて中に立っている人物に目を凝らすと、食えないメイドたちだ。

それなら納得。お前たちの作戦は計算済みだ。どうせマーガレットの薬を横取りしたい、こいつらの隠し立てだろう。そうはさせない。

俺もいよいよ余裕がない。悠長にしていたら妻を逃してしまう。もう、その手は食わない！　すっと胸を張る。

「マーガレットは中にいるんだろう」

「いませんよ。掃除をすると言ったら出ていきました！」

「嘘だな。中にいるはずだっッ！　入るぞ」

ズカズカと部屋の中に足を踏み入れれば、草の香りがほのかに漂う。

だが……本当に、マーガレットがいない。

「嘘だ。マーガレットはどこだ」

「ですから、いらっしゃいませんって」

「そうか浴室だな？」

そう思い浴室の扉に駆け寄った俺は、扉のノブに手を伸ばしかけ、殺気を感じた。

「いないと言っているのに、女性の部屋にズカズカと入るなんて、信じられません。それも、女性の浴室まで覗こうとして。マーガレット様に言い付けておきますからッ！　変態当主」

「いや、それは違う。マーガレットにどうしても話があるだけだ」

「チッ、掃除の邪魔です。さっさと立ち去ってください！」

殺気立つ三人のメイドから、マーガレットの部屋を追い出され、これでは打つ手がない。

念のため屋敷中を隈なく捜す。絶対にいるはずだが、いない。この屋敷で何が起きている。

あちこち捜し回ったが、どういうわけか結局最後まで見つからなかった。


マーガレットを見つけたと思い、俺が近寄ればいなくなっている。

彼女は一体、どんな動きをしているというのだ。

これでは俺の気持ちを伝えたくても、話もできない。

「あああー、駄目だ」気持ちばかりが焦ってくる。

モヤモヤした気持ちを抱え屋敷を出た俺は、こんな感情でも迷うことのない一本道を歩き、兵士の宿舎に辿り着いた。

ふと兵士の宿舎の入り口を見やると、茶色い髪の小さな女が立っている。

「んっ？」

あれは、マーガレットで間違いないだろう。

女性の立ち入りを禁じている兵士の宿舎に、堂々と女がいるわけがない。

マーガレットと一緒にいるのはカイルだろうか？

……って、おい。なぜ兵士の宿舎にマーガレットがいるんだ！

笑い声でも聞こえてきそうなくらい、妻が楽しそうに笑っている。

……おいマーガレット。……他の男とそんなに親しげに何をしている。

カイルがマーガレットの腰に手を当て、彼女を持ち上げた！　許しがたい。どういうことだ？

カイル！　マーガレットは俺の妻だ。気安くマーガレットに触るなッ！

他の男が俺の妻といるところを離れた位置から見て、イライラする感情。これは確実に嫉妬だろう。

二人の関係に水を差しに行きたい。

だが、二人が何をしているのかも分からないのに、一方的にそんなことをしたら、器が小さいと、呆れられるだろうか。

もしかして、マーガレットは俺に用事があり、宿舎まで来てくれたのかと、前向きに考える。

いや、そんなことは、あるわけないだろう……馬鹿だな。

俺は屋敷でもマーガレットと話したことはないのだ。わざわざ宿舎に来る理由がない。ここに来るくらいなら、俺の部屋を訪ねる方が、よほど気軽だろう。


「チッ」

それにしても、あの二人は随分と仲が良さそうだが、どんな関係なんだ？

俺がマーガレットと仲良くなるきっかけを作りたいと奮闘しているのに、一方の妻は、俺の気も知らず、他のやつらと親しげにしている。

まずいな。よりによってカイルか……。

屋敷のやつらでは、マーガレットを落とせないと高をくくっていられるが……カイルは危険だ。あんなイケメンに口説かれでもすれば、マーガレットの気持ちが傾いてしまうだろう。

モテる俺の従弟は、纏わりつく女性が多いくせに、これだと思う人がいないから結婚しないと言っている男だ。

「あああ～……」

思わず泣きそうな声を上げてしまった。

駄目だ。駄目だ。マーガレットは何をしている。

俺には見せない笑顔で、そいつに笑いかけるな！

やばい。こうしている間に、俺の妻が他の男に奪われるかもしれない。

こんな所で、つべこべ言っていないで、あの二人の会話を止めに行くべきだ。

駆け出そうとしたその矢先。俺の背後から副隊長のギャビンが声をかけてきた。

「隊長、次の予定がありますので急ぎましょう」

「待て」

「隊長の到着が遅れ、スケジュールが押しているんです」

「あ、ああ……」

兵士の宿舎の横にある軍の管理棟へ視線を移した。

近々赴く長期遠征。その作戦会議の時間である。かねてから計画しているのだ。それは分かっている。

差し迫る長期戦があるからこそ、早くマーガレットとの関係を正したい。気が逸《はや》る。

だが結局、目下に迫る出陣のことを優先せざるをえない。

俺はこのまま、あの二人を放っておいていいのか？　このままでは手遅れになる気がしてならない。

そう思わせる程、親しげに見えた。

一言声をかけるだけで良かったのに……。いい歳をして何をしているのだ。

◇◇◇

その翌日――。

屋敷から軍の管理棟へと向かう。すると宿舎の前に、またしてもマーガレットの姿がある。

昨日に続いて、再びマーガレットが兵士の宿舎に来ているのか？

やはり一緒にいるのは、カイルだ。

カイルは興味のない女性に自分から近づく男ではない。やつが真剣な顔でマーガレットを見る目つき。

あれは完全に俺の妻を横取りする気だろう。

連日カイルと一緒にいる場面に遭遇してしまい、相当飛躍した想像が頭を巡る。マーガレットは「カイルの部屋で生活しているのか」と考え、否定する。

いや、いや、いや。大丈夫だ。今朝だって俺の稽古を飽きもせずに覗いていただろう。焦って疑心暗鬼になりすぎだ。

そもそもマーガレットは俺の妻だ……。

今は、まだ手違いの妻の宣言を消せていないだけで、俺の配偶者で間違いない。

俺と妻は夫婦だが、まだ清い関係を維持している……それだけ。

いや、正直に付け足すならば会話もない。

だが、間違いなく正真正銘の妻だし、お互い離婚誓約書へ署名をしなければ、夫婦のままだ。

俺は絶対にそんな用紙に名前は書かない！

せっかくやって来たマーガレットを、俺は見す見す逃す気はないんだ。


そうこうしていると、兵士がわらわらと押し寄せ、妻が、あっという間に兵士のやつらに取り囲まれている。

おい！　マーガレットとの距離が近いだろう。離れろ。

よく見れば、集まる兵士たちの中に、マーガレットに鼻の下を伸ばす輩《やから》もいるようだ。

寄ってたかってあいつら……無垢なマーガレットに何かするつもりではないだろうな。

そこにいるやつらに、「俺の妻から離れろッ！」と怒鳴り込みに行きたいところだが、遠征前にトラブルを招きたくない。大人になってぐっと我慢する。

一体何があればあれだけの兵士が、マーガレットの周りに集まるというのだ。不思議でならない。

宿舎の管理をしているのは副隊長のギャビンだが、やつは俺の妻がここに来ているのを知っているのだろうかと不思議に思う。

知っているのなら、どうして報告をしない！　一体、俺の知らないところで何が起きているというのだ。

◇◇◇

副隊長のギャビン。やつは今、マーガレットへ小さな会釈を送り、横を通り過ぎた。

やはりギャビンもマーガレットの存在をはっきりと認識していたようだ。

三か月前――。

俺が結婚した「手違いの妻」について、ことの経緯をギャビンへ聞かせた。

不審な妻は敵の間者の可能性を否定できず、警戒を怠らないように指示した。

それにもかかわらず、「手違いの妻」が宿舎に押しかけている現状を、ギャビンはどうして報告をしなかったのだ。

――だがしかし、それに不満を言っている場合ではない。

当てにならない我が家の従者連中より、ギャビンは遥かに真面目で常識人だ。

八方ふさがりの俺が、一人でうだうだと悩まず、素直にやつを頼るべきだろう。

俺はギャビンへ視線を送ると、顔を動かし「こっちへ来い」と呼び出した。

俺の顔を見るや否やハッとしたギャビンは、慌ただしく俺の元に駆け寄ってきた。

思わず眉間に皺《しわ》が寄る。不機嫌な感情を、そのまま顔に出している自覚はある。だとしても、そんなことを取り繕う余裕など、あるわけない！

仕方ないだろう。三か月もの間、マーガレットは俺以外の屋敷の者と良好な関係を築いている。

良好？　いいや。カイルに至っては、もはや不健全な関係に持ち込もうとしているのが見え見えである。

こうして今の状況を振り返ると、俺は、相当に恥ずかしい勘違いをしていた可能性が浮上した。

毎朝マーガレットが俺を見ていたのは、ただの剣技の観賞じゃないのだろうか。

妻も夫に関心があると信じていたのは、俺の自惚《うぬぼ》れだった気がしてならない。

どう考えてみても、マーガレットが俺に好意がある気がしない。

突如として突き付けられた現実。想定外の衝撃を受け、額に冷たい汗が、たらりと伝う。

「隊長、何かありましたか？」

「遠征前の準備に不安が残る」

「そうでしょうか？　一般兵たちも遠征前の準備に余念がないようですよ」

「兵士たちのことはいい！　マーガレットが宿舎に頻繁に出入りしているだろう」

「やっと気がついたんですか？　むしろ、今日までブランドン隊長から、その質問をされなかった方が驚きですが」

「『やっと』って、いつから来ているんだ？」

「マーガレットさんは、結婚されてから毎日来られていますよ」

「まっ、毎日！　妻はこの宿舎で何をしているんだッ、男しかいないだろう……」

予期せぬギャビンの返答に、調子の外れた声を上げた。

「奥様は、ご自分で作られた薬を兵士たちに持ってこられているんですよ。それも、その辺の薬とは違って、何倍も効果のある、とびきりのやつです」

「ああ……そういうことか。彼女は兵士たちにも薬を配っていたのか……」

「隊長。素直なマーガレットさんは何も隠さず教えてくれますよ。隊長から以前聞いたマーガレットさんの話と、これまで見てきた彼女の姿が違いすぎます。ちゃんとマーガレットさんと話をした方がいいですよ。あの方がいなくなったら、ここの軍としても大損失です」

「そうしたくて屋敷を捜し回っていたんだが、まさか宿舎にいたのか」

「他の兵士たちは彼女の素性は知りません。でも、彼女が三か月後にいなくなるのは、全員知っています。この地を発つ理由が彼女の結婚でないのなら、『マーガレットさんを嫁に』と願い出る兵士が何人もいます」

「馬鹿を言うなッ！　マーガレットを嫁になんかできるかッ！」

ギャビンに怒鳴ったところで意味をなさない。だが、マーガレットが奪われると焦った俺は、自分でも驚くほど大きな声が出てしまった。

俺が絶叫した瞬間。周囲の雑音が掻《か》き消え、辺り一帯がシーンと静まり返る。

俺の声に兵士たちが一様に驚いたようだ。

やつらから向けられる視線を感じ、バツの悪い俺は、眼球だけを動かし周囲を確認した。


気が立った己のことが恥ずかしくなり、ボソッとギャビンに伝えた。

「……マーガレットは俺の妻だぞ。彼女を手放す気はない」

「そうでしたら、隊長の気持ちをマーガレットさんへ伝えた方がいいですよ。隊長に嫌われていると思い込んでおられるマーガレットさんが、あまりに不憫です」

「分かっている――」

初日に彼女を怒鳴りつけたせいで、彼女は俺が嫌っていると思い込んだままなのか。

違う。それは誤解だ。俺は嫌っているわけではない。むしろ好意を寄せて彼女を見るようになってきている。

早くこの勘違いを解かなければ、この状況、とんでもないことになりそうだ。

彼女が周囲の人間から、これほど信頼を得ているとは……全く考えていなかった。今更ながらに焦りが募る。

ドギマギする俺は、マーガレットに視線を戻すが、いない！

「……あれ」

そのまま周囲を見回すが、マーガレットの姿が忽然と消えた。

周囲を隈なく窺うがマーガレットの姿はどこにも見えない。

「おい……マーガレットはどこへ行った？」

「数分前に、隊長の後ろを通って屋敷へ戻られましたよ」

「はぁッ!?」

その衝撃に、俺は膝から崩れ落ちた。

あああぁー畜生！

マーガレットが屋敷へ帰るのであれば、一緒に「帰ろう」と声をかけるつもりでいた。

それなのに、ギャビンと話している間に見失ってしまったのか。

なんてタイミングが悪いんだ。


だが、焦るな俺！　今なら部屋にいるはずだ。

午後のこの時間であれば、食えないメイドたちの掃除も、とっくに終わっているだろう。

彼女は一人でいる。絶対に会える！　その希望に気合を入れ、ぐっと拳を握る。

今すぐ部屋を訪ね、俺の気持ちを赤裸々に伝えるべきだ。

彼女にいつまでも客間を使わせておくわけにいかない。

早急に、俺の妻の部屋に移ってもらう。

【マーガレット視点】

私が足しげく通う兵士たちの宿舎。とはいえここは、手違いの夫の聖域だ。手違いの妻の分際で軽々しく踏み入れる気は毛頭ない。

そんな気持ちとは裏腹に、次から次へと寄せられる兵士たちからの要望を聞いているうちに、気づけば毎日入り浸っていた。

それに加え、宿舎の裏側に手付かずの自然が広がり、薬草が生い茂っているのだ。

それを刈って帰れば、メイドたちから懇願《こんがん》される美容系の薬も簡単に作れてしまう。

薬草作りを趣味として生きる私としては、楽しくて仕方のない環境が整っている。思いのほか充実した手違いの妻生活を送っている。

にこにこと弾むように宿舎に来れば、毎回のことながら爽やかに笑うカイルが話しかけてきた。

「昨日も言ったけど、マーガレットさんが山に行くときは、僕と二人きりにしましょう。他の男がいるとペースが乱れるだろうし」

「私はどんくさいけど本当に大丈夫？　以前一緒に山へ登った人たちは、もう二度と一緒に行かないと逃げ出したわよ」

「問題はないですよ。マーガレットさんは軽いから、僕が抱えても登れるでしょう。それよりも、僕と結《け》っこ……」

カイルとの会話中、背後からざわっと何かを感じた。

それでもカイルは何かを話していたが、私は悠長なお喋りどころではない。非常事態である。

何やら殺気のような気配に周囲を警戒しつつ見回した。

すると、その元凶を発見し、「うっっわッ!」と声が漏れる。でたッ! 鬼だ。

身の危険が迫る私は、屋敷へ帰る手段を大急ぎで模索する。

ブランドン辺境伯は、屋敷へと続く一本道に、宿舎の壁を見るように立っている。今の体勢のまま
動かずにいてくれれば、気づかれずに逃げ切れる。大丈夫だ。

辺境伯のすぐ後ろを通り過ぎる際、できるだけ大きな兵士の体に隠れて歩けばなんとかなるだろう。

それにしても失敗した。兵士の宿舎に頻繁に出入りしたせいで、「気が緩んでいたな」と猛省する。

身の程を弁《わきま》えるべきだった。

コソコソ動き回る手違いの妻が、宿舎の入り口で呑気に世間話をしている場合じゃなかった。

兵士たちに私の薬を渡していたのを知られれば、どれだけ責められるか分からない。

子爵家の実家でさえ、薬を配れば「市販の薬が売れなくなる」と、こっぴどく叱られた。手違いの
夫にバレたら、折檻《せっかん》されるのは間違いない。

今は兵士たちに薬を渡し終えた後だ。運がいい。すでに私の手元に証拠となる薬はないし、不審な
動きに気づかれていない。

それなら敵地に長居は不要。早急に屋敷へ戻り、私の部屋に引きこもるのが賢明だ。

どうすべきかと方法を必死に模索する中、動く壁になりそうな丁度いい大きさの人物を発見したのである。

絶体絶命の大ピンチに救世主が現れ、目を輝かせる。

今まさに、ベンさん似の熊のような兵士が、屋敷へ向かう方向へと歩いている。

それに気づいた私は、すかさず彼に駆け寄り歩調を合わす。名前も知らない大きな兵士と共に、道をズンズンと突き進む。

いよいよ一番緊張する瞬間がやってきた。ブランドン辺境伯の真後ろを通ろうとした、そのときだ。


『馬鹿を言うなッ！　マーガレットを嫁になんかできるかッ！』

耳をつんざくような大きな声が響き、私の心を掻き乱す。

……それと同時。

私の壁の彼も動揺した様子で、ピタリと歩みを止めた。もちろん、私も彼に合わせて静かに立ち止まった。

たった今、ブランドン辺境伯は私を拒絶する言葉を、周囲に知らしめたのだ……。

『嫁になんかできるかッ！』とのことだ。

ええ、ええ。もちろん、存じ上げております。知っています。分かっています。正しく理解していますと、心の中で何度も返答した。

……だから。

そこまで、はっきりと大きな声で言わなくてもいい。

リリーに比べれば見劣るのは知っている。だけど、改めて聞かされると……ショックが大きい。私だって人形ではないのだから、傷つくわけだし。

もしやギャビン副隊長が、ブランドン辺境伯に何か言ったのだろうか？

初日に、「余計なことを言わないで」と頼んだが、やはり無理だったようだ……。

手違いの旦那様。あなた様は『兵士たちの前で絶叫されるくらい、私のことが嫌い』なんですね……。

『私のことを拒絶している』のは、しかと受け取りました。ご安心ください。と、心の中で返答した。

それから少しすると、お隣の体格のいい兵士が歩き出したため、それに合わせて私も動く。

私は初日の言いつけどおり、ブランドン辺境伯と関わらないようにしてきた。完璧に。

辺境伯が不快にならないよう全力で避けていた。あらゆる手段を講じて。

けれど、それでもまだ足りない。……心底私のことが嫌いなのね。

彼は私の性格を知らないはずだ。喋ってさえいないもの。となれば私の見た目か？　この童顔が彼の感情を逆なでするのか？

ここまで不快にさせるのであれば、天性の才能だなと自分の存在が恐ろしくなる。

私の事情を理解したメイドたちの働きにより、辺境伯が屋敷にいるときは、彼女たちが抜群のチームワークで匿ってくれた。

まあ、剣を握りしめた辺境伯が、扉を叩き壊しそうな勢いで私の名前を叫んでいるのだ。それに遭遇したメイドのお姉様たちも、状況を理解して私の身を案じてくれた。

おかげで手違いの夫とは、対面することなく月日が過ぎていたのに……それでも許されないようだ。

今しがた、軍の敷地から逃げるように部屋へ戻り一息つく。

すると、ゴンゴン、ゴンゴン――、と馬鹿でかい音が響く。

「ひゃっ――」

恐怖から声を出しかけたが、慌てて手で口を塞いだ。

まずい、まずい、まずい。間違いなくブランドン辺境伯だろう。

そんなに強く扉をノックする人物は、鬼のようなあの方しかいない。

音を立てるな。今はメイドたちもいない。ここは居留守が勝ちだ。

そう思った途端、ガチャリと音を立て、なぜか扉が開いた。

「ひぇーっぇー」

堪《こら》えきれずに思わず変な声が出た。

嘘でしょう。私がモタモタしている間に、勝手に扉を開けられた。

女性の部屋の扉を勝手に開けるなんて、聞いたことがない。

あー、そうか……。私のことは、そんな礼儀も必要ない相手だと思っているのだろう……。

講じる手段もなく立ち尽くしていれば、「入るぞ」と、ブランドン辺境伯の声が響く。

眉間に皺の寄った厳しい表情。視線だけで人を殺せそうな、鬼気迫る姿。

緊迫の空気を纏い、断りもなく女性の部屋に入ってくるとは……。

ということは、私が宿舎にいたのに気づいたのだろう。やはり相当に怒っているようだ。

向けられる険しい顔は、剣の素振りをされているときと同じくらい真剣そのもの。

遂に、剣を一振りされるこの日が来たのか。……人生の終わりを迎える覚悟を決めた。

手違いの旦那様が訪問に至った用件は、存じております。ですが、ここは知らぬ振りを貫かせていただこうと、涼しい口調で発した。

「ブランドン辺境伯、どのようなご用件ですか？」

「マーガレットが屋敷に来てからゆっくり話せず、申し訳ないと思っている。だから、二人で話をしたくて訪ねた」

「話でございますか」

すぐに処罰しないのだと、思わず拍子抜けする。

「ああ。だが、この部屋で話すのも、なんだか落ち着かないな。アレだ。まずはマーガレットのための部屋へ移って欲しい。話はそれからだ」

「そうですか」

辺境伯は躊躇《ためら》いがちに話しているものの、表情は至って真剣だ。

私のための部屋とはどこかと考える。

そうか、客間が駄目だということは、別棟の従者用の部屋だろう。間違いない。

いよいよ、同じ屋根の下に私を置きたくないのだろう。


私は辺境伯から視線を外すと、窓の外に見える庭へと視線を向けた。

リリーを求めているあなたに失礼だとは分かっていた。

だけどここの窓から毎朝、汗を流す手違いの旦那様の姿を見るのが、私の楽しみだった。

部屋を移ればもう、ブランドン辺境伯との繋がりは、何もなくなってしまうのか……。

寂しいなと、思えてしまう。

いや、そんなことを考えている場合ではない。ここは前向きにとらえるべきだ。

部屋を移れば、命までは取られないのだろう。ならば、それに頷かない理由はない。事態を理解した私は、精一杯の笑顔を見せた。

「分かりました。すぐに移ります！」

「そうか、分かってくれて良かった」

初めて見る、彼の満面の笑み。

それは、私を従者棟へ追いやるときに向けられた。

切ないなと思うが、いちいち反応していたら自分の身が持たない。

私も、ちゃんと最高の笑顔で応えなくてはいけない。

とびきりにっこりと笑わなくてはならないだろうと考え、目元と口元を綻ばせ、嬉しそうな顔を見せた。

……ほらね。

私が笑顔を返したため、辺境伯がガッツポーズを見せて喜んでいる。

……良かった。これで彼の剣での一振りは免《まぬか》れたようだ。

「無理を言って申し訳ないが、なるべく早く移って欲しい。手伝おうか？」

「いえ、問題はありません」

「そうか。……まあ、そうだな」

それを言い終わると、力の抜けた辺境伯は足早に立ち去った。

手違いの旦那様。私に相応《ふさわ》しい使用人部屋へ、ちゃんと移りますから、どうぞ安心してくださいと、胸に手を当て誓う。

手違いの妻も残すところ、あと三か月。

もう少しの我慢もならないほど、彼は私を嫌っているようだ。

第4章　遠ざかる手違いの妻

【ユリオス・ブランドン辺境伯視点】


マーガレットの部屋を訪ねてから、すでに二時間は経過した。

妻から避けられ続けた俺だ。マーガレットに部屋を移ってくれと頼んだが、その申し出を拒まれる気がしてならなかった。

だが、思いのほかスムーズに話が進んだ。

そうなればやはり、彼女は俺を嫌っていないのだろう。それが分かり安堵した。

俺の視線は、屋敷の中で一番華やかな浮き彫りがされた、深みのある茶色の扉から目を離せずにいる。

そこを開ければ直接、妻の部屋に繋がる。寝ても覚めてもマーガレットが近くにいる。

マーガレットを待つ俺は居ても立ってもいられず、何度、その扉のノブを握ったか分からない。

マーガレットは、そろそろ部屋を移っているはずだ。

だが、少しの音も漏れてこない。おそらく客間と違い、扉が厚いせいだろう。そう理解した。

マーガレットの部屋を後にしてから、俺は再び部下たちの元へ戻り、遠征前の綿密な打ち合わせを終わらせた。

俺の仕事はしっかりと片付けてある。

もうこれで、気兼ねなくマーガレットとゆっくり話せる。

どんな誤解があったとしても、今夜はとことん、妻に時間を使えるのだ。


それに、俺たちは正式な夫婦。それは間違いない。

彼女に俺が触れても、それをとがめる者はいないだろう。

こうなれば、彼女が嫌がらなければ俺としては、夫婦の初夜……。

そうだッ！　マーガレットは俺の願いに、照れくさそうに緊張した笑顔で応えてくれたんだ。あれはそういう意味だろう。俺に気があり期待しているはずだ。


いや、焦るな俺。あの笑顔は、カイルへ向けていた笑顔とは全くの別物だ。

日頃、彼女はカイルに慣れているんだ。俺はやつとは違う。あいつのように優しく女性を口説くことは、到底、俺にはできない芸当だ。それを忘れるな。

彼女はまだ、俺に緊張している。まずは互いの距離を縮めることが先決だろう。

すっかり妻から嫌われたと思っていたが、俺の勘違いだ。助かった。

嬉しくて顔がにやけてしまうが、こんなふざけた顔で部屋を訪ねれば、マーガレットと話をする前に、彼女に対して下心があると勘違いされるだろう。

とにかく落ち着け、焦るな俺！

部屋を出る前、今一度、鏡の前で自分の顔を確認する。

「……よし」

ホワイトブロンドの髪は変にハネていないし、青い瞳も泳いでいない。

大丈夫だ。腑抜けていない。そう確認し終えた俺は、平静を保ち妻の部屋をノックする。

コンコン、コンコン――。だが……ノックに何の応答もない。

「おかしいな」

移動が終わっていないとしても、荷物を片付ける従者がいるはずだ。そう思い扉を開けた。

「入るぞ」

「あれ……」

人の気配も運び込まれた荷物もない。

この部屋に元からある備え付けの、俺の部屋と同じソファーとチェストだけだ。

「まだ部屋を移る準備中なのか……」

ここで独りで嘆いているよりも、取り急ぎ客間を確認すべきだろう。手伝いはいらないと言われたが、一刻も早く話がしたい。

それに、俺に見られて困る荷物でなければ、俺が運ぶ方が早いだろう。

「マーガレット。入るぞ」と言って客間の扉を開けた。

すると、自分の声がこだまするガランとした部屋がそこにはあった。

すぐ目に飛び込んだのは、寝具を取り払ったベッドと空になった棚だ。

「はぁぁー!?　いないッ！　どういうことだ。マーガレットが客間にもいない」

それどころか、さっきまであった荷物もない。

「おい、嘘だろう」

俺の妻の部屋へ移るのが嫌すぎて、彼女は出ていったのか……。

項垂《うなだ》れる俺はその場で崩れ落ち、今日二回目の膝をついた。

もしやと思うが、マーガレットはカイルの部屋へ逃げ込んだのか。

「そんな馬鹿な……」

すでにあの二人は、そんな関係だったのか……。

いや、俺は妻を手放す気はない！　こうしてはいられない、マーガレットを捜す。むくりと立ち上がる。

まずはニールの協力を得るべきだろう。部屋中に干された薬草と、あの棚にあった相当な量の薬の瓶。

そもそもアレだけの荷物を彼女一人で運べるわけがない。となれば手伝った人間がいるはずだ。そいつに居場所を聞き出すのが手っ取り早い。

「ニール！　マーガレットがいなくなった！　どこへ行ったのか、お前は知っているんだろう」

「はい？　ユリオス様は何を仰っておられるんですか？　あなたが使用人部屋へ移れと命令なさったから、別棟の使用人部屋へ移っていただいたんですよ」

「使用人部屋だと！」

「そうですよ。客間より狭いから薬草が入りきらず、急遽二部屋分を用意することになったんです。おかげで少し前まで、別棟中が大騒ぎでした。事前に相談してくれたら良かったのに、どうしてそんな命令をしたんですか？」

　ニールが疲れた顔を見せる。

　何がどうなっているか理解できない俺は、頭を金づちで殴られたような衝撃を受けた。マーガレットに対し、使用人部屋など、一言も言っていない。そんな勘違いはあり得ないだろう。

「俺は、『マーガレットのための部屋』へ移るように言ったんだッ。それを、どうやって解釈したら使用人部屋って話になるんだよ！」

「やっぱりそうですか。ユリオス様が熱心にマーガレット様を追いかけているのに、おかしいと思ったんです。ですから僕はマーガレット様に何度も確認しましたよ」

「確認したのにどうして……」

「『マーガレットを嫁になんかできるか！』と、ユリオス様が言っていたから、『妻の部屋に移れと言うわけがない』と、聞き入れてもらえませんでした」

「嘘だろう……」

　ほんのひととき放心状態になり、ハッと我に返る。

「……マーガレットは、それを聞いていたのか」

焦りと怒りが同時にこみ上げ、頭をガリガリと掻きむしる。

まさか、あの言葉をマーガレットがそのまま額面どおり受け取っていたのだ。これは一大事だろう。

「離婚を撤回するって言っているのに、何をやっているんですか――」

「煩《うるさ》いッ！　疑問に思ったのならどうして俺に確認しないんだ。いつもいつも、お前はそうだッ！」

「あっ、そうすれば簡単でしたね。次からはそうします」

「マーガレットは俺のことを何か言っていなかったか？」

「ユリオス様のことは何も仰っていませんでしたが……どうして『嫁にできない』なんて伝えたんですか？　何を聞いても心ここにあらずで、相当落ち込んでおられましたよ」

「そんなことを彼女へ言うわけがないだろう。マーガレットを狙う他の男どもに向けての言葉なんだ！」

「意味が分かりませんけど……」

「うっ……。今更では信じてもらえないか……。ああー畜生！　なんで勘違いさせるところだけマーガレットに、しっかり届くんだよ……」

「早く、ユリオス様の本当の気持ちをお伝えすればいいのに」

「分かっている。そうするつもりで妻の部屋に移って欲しかったんだ！　あああー、なんだって、こんなに離れていくんだよ。マーガレットの部屋はどこだ！」

「僕は知りません。最終的にはメイドたちが動き出し、女性棟を理由に追い出されましたので。メイドたちも部屋を移動したはずですから、誰がどこを使っているのか、現時点では分かりませんけどね」

白目を剥いて、卒倒するところだった。

よりによって、『マーガレットを嫁になんかできるか』を、真に受けたマーガレットへ、謝りに行けないのか……。


やばい。黙って指を咥えていては彼女を失う未来が待っている気がしてならない。

マーガレットとの話し合いが無理なら、とりあえず兵士のやつらに手を打つしかない。あいつらを放置するのは危険だ。

まずは、兵士たちがマーガレットに唾をつけないように、俺の嫁だと牽制《けんせい》しておく。マーガレットとの関係修復は、それからだ！

明日から、しばらくこの屋敷を離れるんだ。モタモタしていれば、あっという間に当初の手違い期間の六か月を迎えてしまう。

帰ってきたらすぐに、彼女と話し合いをしなければ、いよいよ手遅れになる。

◇◇◇

遠征中の兵士たちを観察すると、おそらく彼女からもらった薬だろう。

誰もが皆、小さな同じ瓶を持っている。

信じられないことに、俺以外の全員がその瓶を持っている現実が、ここにきて浮き彫りになった。

相当由々しき事態なのは明らかだ。夫の俺だけがマーガレットから相手もされず取り残されている。

結婚初日。マーガレットへ冷たく接したことに、激しい後悔しかない。

どんなに自分を責めても、無意味な現実に憤りを感じた。

ふと横を見ると、ギャビンが鞄の中をガサゴソと探っている。

マーガレットとの関係が、ここまで拗れたのはお前にも責任がある。

腑に落ちないが、唯一の常識人に彼女について探りを入れる。

「ギャビン、お前もマーガレットから何かもらってきたのか?」

まるで知ったような口ぶりで聞けば、ごく当然のように返ってきた。

「ええ。僕は遠征中によくお腹を壊すから、それに効く薬をいくつかもらってきました。隊員たちには疲労回復の薬が評判ですが、隊長は何をもらってきたのですか?」

ギャビンは周知の事実として、しれっと俺に聞き返した。だが、その薬の存在を今確認したところだ。……相当に、やばい。

何を持ってきたなどと、俺に聞くな!

お前との会話を誤解され、関係が更に悪化して話すことすらままならない俺が、薬をもらえるわけないだろう。

「俺には必要ないから、もらっていない」

慌てて返した言葉は、借りてきた台詞のように棒読みだが仕方ない。

自分の置かれた状況が情けなくなり、まるで子どものような大見栄を張ってみたが、全く本心ではないのだ。

彼女の部屋に溢れていた薬草と薬の量。間違いなく彼女は、趣味の範疇《はんちゅう》を超えた知識を持って薬を作っている。

薬草師と名乗っても問題ないだろうが、なぜそうしないのかは、分からない。

薬草師は令嬢には珍しすぎる。だから、彼女はそう呼ばれるのを拒んでいるのか。

だが希少な薬を売れば、相当な金になるだろう。他の薬草師よりも遥かに腕が立つにもかかわらず、報酬も求めない理由も分からない。

妻については分からないことだらけだ。


あの部屋にあった薬草も、彼女が全部採取しているのであれば、相当な労力も必要なはずだ。

ヘンビット家の姑息《こそく》なやり口で、偶然、才能に溢れる妻を手にしたのに、彼女を全く気にかけてやれないとは。

俺は最低だな……。

今頃泣いていないかと、彼女の顔が頭から離れない。

……こんな感情のまま、敵地に入るのは危険だ。手始めにできる問題から片付けることにした。

「おい、急いで集まれ。話がある！」

俺が号令をかければ、作戦会議と認識した兵士たちが一斉に集合する。敵への対策、ある意味それに間違いはない。

「お前たちはマーガレットをよく知っているだろうが、彼女は俺の妻だ。彼女を嫁にしたいと企む者がいるらしいな。……それは、到底無理な話だ。馬鹿な気は起こすなよ」

「（おい、どういうことだ？）」

「（マーガレットさんがいなくなる話を聞いたから、薬草師を手に入れる作戦じゃないか？）」

予想通り兵士たちから、どよめきが起きる。俺は兵士たちの反応を見逃すまいと、一人ひとりの顔を確認した。

それからしばらくすると、すすり泣くような音が聞こえる。そんな場違いな音を発するやつらは、間違いなくマーガレットを狙っていたわけだ。

俺はすかさず、涙を流すやつらの顔を覚えた。

今回の遠征で最前線に送りたいところだが、個人的な感情を押し付けるわけにはいかないと目を閉じ、そこはグッと堪《こら》えた。


なんといっても俺が一番気になるのは、カイルの反応だ。

マーガレットと俺の関係を伝えたとき、カイルは明らかにショックを受け、顔を強張《こわば》らせた。

やつの中では、まだ何か引っかかるのだろう。眉間に皺を寄せ、疑いの眼差しを向けてくる。そんなカイルと視線が重なり、しばらくにらみ合った。

引いたのはもちろんカイルだ。文句があろうと、俺は正真正銘の夫で間違いない。

……とはいえ、夫の俺がマーガレットに一番遠い存在だ。決して胸を張って夫と名乗れるわけではない。今のところ手違いの夫のままで、この兵士の中で一番分が悪い立場というのは変わらない。

……一体どういう夫だ。言えない。部下に本当のことは絶対に言えない。どの面を下げて「手違いの夫」だと言えるんだ。やつらにバレる前に「夫」へ昇格しなくては。

遠征から戻った後に、しばらく彼女と時間を過ごし、なんとか誤解を解かなくては、何事も始まらない。

……まずは彼女の喜ぶ場所へ連れていく。

そうだ！　起死回生の昼間のデートに誘えばいいんだ。待っていろ、マーガレット！

◇◇◇

二か月にも渡る遠征から帰った俺は着替えを済ませ、マーガレットの部屋を訪ねた。

マーガレットが使用人部屋に移った初日——……。

あの日は、急な部屋替えの直後であり「居場所が分からない」と、ニールから突き放された。

だが、あれから二か月。もう知らないとは言わせなかった。

いい加減、俺たちの関係を修復しなければ、彼女を手放す羽目になる。それに焦る俺は、従者棟に足を踏み入れた。

女性棟の中でマントを着け、正装姿でめかし込んだ異様な姿で歩く。俺の存在に気づいた従者から、突き刺さる視線をまざまざと向けられる。

まるで不審者を見るような目つきだが、何もやましいことはない。妻の部屋しか興味はないのだ。

居心地の悪い俺は、そんなことを自分に言い聞かせながら、二階の妻の部屋を目指し、扉の前に到着した。

コンコン、コンコンコン――。気まずいせいで、ノックも自然と小さくなった。

すると少しと待たないうちに、何の躊躇いもなく扉が開いたが、マーガレットは俺の姿を見て仰《の》け反《ぞ》った。

「ブッ、ブランドン辺境伯！　どっどうしたのですか？」

俺の姿を見た彼女が表情を強張らせたのを、俺は見逃していない。

彼女の中で俺という人物は警戒対象なのだろう。それを実感し、ここに来て早々、弱気になる自分がいる。


二か月ぶりに会うマーガレットは、相変わらず少女のような雰囲気。これで二十一歳だというのだから、にわかには信じられない。純朴な少女そのものだ。

「マーガレット、久しぶりだが元気そうで良かった…………」

「えッ、そんなことを仰るために、わざわざこちらまでいらっしゃったのですか？　ブランドン辺境伯も無事のお戻りで何よりです」

それを言い終えると同時に、マーガレットは扉を閉めようとした。

……やばい。形式的な挨拶だけで、マーガレットは俺との会話を終える気だ。

それに気づき、引き下がるわけにはいかない俺はガッと扉に足を差し込み、それを回避した。

これではどう見ても、俺は、彼女から全く相手にされていないだろう。

「いや、それだけではない。話は山ほどあるが、他の兵士たちとは名前で呼び合っているのだろう？　まずは、その～、あれだ、俺をユリオスと名前で呼んで欲しい」

「とっ、突然どうしたのですか？　大聖堂の方たちが、偽装夫婦の調査にお見えになるのでしょうか？」

目をパチクリさせ、驚きの感情をそのままぶつけてくるマーガレットは、俺の意図とは全く次元の違う話をしている。

「違うから聞いてくれ。俺はマーガレットとの関係をしっかりと考えたくて話をしたいんだ」

「二人の離婚の件ですか？　安心してください。離婚に応じないとか、出ていかないとか、私はそんな我が儘を言いません。お屋敷の方たちからとても良くしてもらい、これまで快適に過ごせましたから。では――」

「ぁあーもう！　ここで話していても埒《らち》が明かない。マーガレットは何か欲しいものはないか？　今から一緒に買い物へ行くぞ」

……相当にまずい。彼女と全く会話が成り立たないため、早速本題に入った。

なんとか二人の関係を打破しなくては、マーガレットを失う未来しか見えてこない。

カイルと一緒にいたときは、楽しそうに笑っていたにもかかわらず、俺の前では怯えた顔しか見せないのだ。

離婚届けを出さなければ、形式上は妻のままだろうが、俺が望むのはそれではない。

「ユリオス様。私に欲しいものはありません。ですから私のために気を遣わなくて大丈夫です」

よし！　マーガレットが何の抵抗もなく俺の名前を呼んだ。

とりあえず、彼女との関係が一歩前に進んだだか。

それはいいとして、俺との外出をここまで嫌がるとは。世の男どもはデートというものに、相手をどうやって誘い出しているのだ。ああああーッ、俺に分かるかよ！　打つ手もなく、破れかぶれに令嬢の欲しそうなものを提案する。

「あっ、あるだろう。何でもいいんだ。宝石とか、ドレスとか、遠慮はいらない。何か欲しいものの一つくらい思いつかないか？」

「あぁー、確かにありました。でも、それはカイルが一緒に採りに行ってくれるので……、ユリオス様にお願いしなくても大丈夫です。そうなると、やっぱり今、欲しいものはありません」

上を向いて少し考え込む仕草があったものの、きっぱりと言い切られた。それを聞き、俺は白目を剥いて卒倒しそうになった。

やはり、あいつだ……。

今、一番聞きたくない名前をマーガレットはサラリと言い放った。あり得ない。

カイルと出かけるのを、「あーそうですか」と、認められるわけがないだろう。

「カイルには後から断りを入れろ。今から、俺と行くぞ。すぐに支度をしてくれ」

「やっ、あっ、いっ、今からですか？　それはやめた方がいいです」

青くなったマーガレットは、両手を振って俺に断りを入れている。


……信じられない。

俺がカイルの代わりに行くと言えば、焦って拒否するというのか？　それも全力で！

だが俺も引くわけにはいかない。一刻も早く、マーガレットとの関係を何とかしたいのだ。のほほんと後日にできるわけがない。男らしく力強く誘った。

「今すぐだ！」

「分かりました。それでは着替えてきますので、少し時間をもらってもいいですか？」

「ああ、もちろんだ」

この会話を終えパタンと扉が閉まった。

その扉に額を付け、もたれかかる。やっとのことで漕ぎ着けたデート。こんなことでは前途多難な予感しかしない。

そういえば、カイルの名前を聞いてカッとしたせいで、彼女が採りに行きたいものを聞いていなかった。

どこへ行くつもりだったのだ？　今から向かって大丈夫な場所だろうか。

◇◇◇

「おまたせしました」と言いながら部屋から出てきたマーガレットは、以前、叔父上と一緒にいたときの服装に近い。

ところどころほつれた黒いズボンに、なぜか男物の白いだぼだぼのシャツを着ている。

子爵家の令嬢で今は辺境伯夫人。そんなマーガレットが、おしゃれとは無縁な姿で現れドキッとした。

男物のシャツはカイルの服なのか？　と勘繰りもしたが、「そうだ」と言われるのが怖くて聞けなかった。

「……いや、むしろ急かして申し訳ない」

「はは……急にいらして驚きました」

そんなぎくしゃくとした会話を少しだけ交わし、二人で馬車に乗ろうとしたときに思い出した。

「ところで行き先を聞いていなかったが、どこへ行きたいんだ？」

「もしかして伝えてなかったですか？　山ですよ。自生する山茸《やまたけ》が欲しくて。生えている木の状況が分かりませんが、結構、時間がかかるかもしれませんよ」

「山か……」

そうなれば、馬車ではなく彼女を抱えて馬で行くしかないだろう。

馬車の車体に手を置いたまま、厩舎《きゅうしゃ》を見やると、動揺した様子の馬丁が目を逸らし逃げ出した。

以前、「マーガレットに馴れ馴れしくするな」と、俺が注意したせいか……。

「ユリオス様。山茸は雨上がりに一斉に生えますし、私、カイルと天候を見ながら採りに行く予定なので、無理しなくても大丈夫ですよ」

「無理はしていない。俺が行くと言い出したんだ、マーガレットは気にするな」

マーガレットが、一歩後ずさり、すでに俺から逃げようとしている。それに衝撃を受け、大慌てで厩舎に向かった。


マーガレットは、ことあるたびに「カイル」の名前を出して引き下がる。

そんな彼女を強気な口調で説得したが、すでに不安しかない。

一刻も早く前に進みたい一心で、自ら乗馬の準備を整え、マーガレットを連れて屋敷を出た。

馬を走らせ十分もしないうちから、今日は完全に失敗したと確信し、自分の気持ちの折り合いを探し始めた。

強引にマーガレットを連れ出した手前、引くに引けなかったが、馬の進路を変えるべきか、突き進むべきかと、心の中で堂々巡りを繰り返す。

遠くの空へ視線を向けると、灰色の重たい雲が目に入る。

この位置から見ても、山の天候が崩れるまで、まだ時間はあるはずだ。

たとえ嵐だろうと俺にとっては、何ら問題はない。だが、マーガレットと一緒となれば、山に入るのは危険な気がしてならない。

マーガレットは大丈夫なのか……。


俺の腕の中にいるマーガレットを見ると、もう少しこのまま一緒にいたい自分がいる。

話をするために連れ出したが、馬の上では呑気に喋るわけにもいかず、ましてや、このまま引き返す選択をしては、何をしたいのか分からん。

……これでは、ただの変な夫になるだけだ。

晴れない心情の中、俺を避けているはずのマーガレットが、俺に頭をもたせて寄りかかってきた。

乗り慣れない馬にマーガレットは疲れたのだろうか？

その様子が心配になり、彼女の頭を撫でるが、彼女から特に反応はない。


……しまった。嫌いな男に触わられたら嫌に決まっているだろう。順番が違う。何をやってんだよ。

マーガレットがどんな表情をしているのか見えず、彼女の気持ちは伝わってこない。

だが、不快にさせた気がして、俺の沈み続ける心が更に加速した。

ここは一度引き返して、「日を改める」ことが正しい判断だと分かっている。

彼女が山へ行くのを躊躇《ためら》ったのは、間違いなく今日の天候が理由だろう。

彼女から目的地を聞けば、あの反応は当然だったのに、カイルの名前を聞き、判断を確実に誤った。

マーガレットの部屋の薬草の採集も、今の俺みたいにカイルが付き合っていたのか？

そう思うと、なんともいえない敗北感が襲ってくる。

引き返せば、今、腕の中にいるマーガレットとまた距離ができる。そんなくだらない感情を抱いたまま、結局、山の麓《ふもと》まで着いてしまった。

何をやっているんだろうか……。


隣にいるマーガレットは、浮かない顔で周囲を見渡すと、そのまま山頂付近を見上げ始めた。

ここまで来ておきながら、今更、俺から「帰ろう」とは言い出せず、馬を木に繋いだ。

あとは、天候がこのまま持つのを祈るしかない。

「マーガレット、山茸はどの辺りにあるか分かるか？」

「山茸が生える木は麓《ふもと》には見当たらないですね。途中、遠目で見た限りですが、結構な山頂付近にその木が見えました。もし、今日は都合が悪いということでしたら、後日、出直してもいいと思いますけど？」

「俺は気にしないが、マーガレットが出直したいなら、そうするか？」

「あっ、あっ、ユリオス様が気にされないのであれば、私は大丈夫です！　行きましょう」

『俺は気にしない』の意味は、遠征に慣れている俺は悪天候など、取るに足らないからだ。だが、マーガレットは本当にいいのか？　と思いながらも、「行きましょう」の言葉に、マーガレットが嫌がっていないと感じ、安堵した。

「そっ、そうか……」

あー馬鹿ッ。ホッとしている場合ではなかった。今が引き返す好機だった。喜ぶより、はっきり「帰ろう」と言うべきだったのに。

相変わらず、マーガレットは緊張したままだし、こんな顔をさせる俺は、夫以前に軍の兵士以下だろう……。

生い茂る木々。足元には石が転がり、中には大きな岩もあるが斜度は緩く、悪路といえど足を取られる程でもない。

正直なところ、話しながらでも進める。

マーガレットへ、俺の言い訳を含めて話をしたい。

だが、そんな余裕があるのかと空を見渡せば、灰色の雲が、先程よりも近づいてきたのが分かる。

そうなれば、手っ取り早く山頂付近へ向かうべきだろう。この標高なら一時間もあれば十分に登れるはずだ。


ほうっと息が漏れる。

やっと山頂付近に着いたが、かれこれ二時間近く、二人の沈黙が続いている。

それに、少し前からポツポツと降り出した雨が強くなってきた。

顔色が失せ、口を固く結んでいるマーガレットを見た俺は、慌てて自分のマントの留め口を外すと彼女の頭から被せる。

もうこうなれば、マーガレットの目当ての山茸を探すよりも、身を守る場所を探す方が先決である。これで多少の雨は凌《しの》げるはずだが、長時間は持たない。

「マーガレット、これを被っておけ」

「いや、困ります。いらないです」

「駄目だ。雨に濡れては体が冷えるだろう」

男物の服を着るマーガレットが、俺のマントは首を振り全力で拒絶する。それを見て俺は確信した。

……完全に嫌われている。

周囲を見回すと人の背丈ほどの穴がある。よく見れば洞窟だ。

「マーガレット、あの洞窟で雨が上がるまでしばらく休むぞ」

「あ、はい。分かりました」と答えた彼女の手を取り洞窟へ入った。

少し濡れたであろう彼女の体調が気になり、何度も顔を見てしまうが、マーガレットは顔を背けたままだ。自分勝手な俺を嫌っているのだろう。

あー、俺でもそう思う。女性をこんな危険に晒すなど、夫以前に男としても最低だ。

【ユリオス・ブランドン辺境伯視点】


雨を凌ぐために入った洞窟。思いのほか小さく、入ってすぐに行き止まった。となれば、奥から獣が出てくる心配もない。

高さはマーガレットの背丈程度で、俺が立つには低すぎるが、雨風を凌ぐには十分といえる。

この場所であれば、一晩過ごしても問題はない。

雨の勢いは更に増し、静まり返る洞窟の中にも、その音が響いてくる。

日が落ちるまで降り続けるだろう。

俺がマーガレットに何かすればするほど、全て裏目に出た。その結果がこれだ。がっくりと肩を落とす。全ての気力が抜けた。


黙々と登り続けた片道だけで、二時間かかった。

二時間……。それだけあれば十分に下山できる目算だったが、大きな間違いだった。

隣にいる俯いたままのマーガレットは、ずっと何かを考えているようだし、顔も俺から背けたままだ。

「マーガレット。この雨の中で下山は無理だ。今晩はここで過ごす。座って休むぞ。疲れただろう」

洞窟を少し奥まで入り、乾いた地面を見つけると二人で腰を下ろした。

それから少しして、俺に顔を向けたマーガレットが口を開く。

「私のせいで、ごめんなさい」

だが相変わらず表情は硬く、引きつったままだ。

彼女に、こんな暗い顔をさせるために、連れ出したわけではなかった。あまりに自分が情けなくなり、唇をぐっと噛む。気がつくと口の中に血の味がした。

「マーガレットが謝ることは何もないだろう。マーガレットの欲しいものを採りに行くと、言ったのは俺だからな」

「迷惑ばかりかけていたのに、こうして山頂まで連れてきてくださって、ありがとうございます。私と一緒に山へ登って嫌な顔をしない人は、ユリオス様が初めてでした」

「迷惑など被っていないが、どこかで何かに気づくべきだったのか？」

「いや、ユリオス様がそう仰るならいいんです。実家の従者たちは、私が『薬草を採りに行きたい』と言うと、全員逃げていましたから。あっっ、みんなが悪いわけじゃないんです。私がドンくさいせいで、同行してくれる人に迷惑をかけてしまうから」

「他のやつらにとって何が嫌なのか俺には分からんが、ここへ一緒に来たのが俺で良かったと思ってる」

カイルの手を握るマーガレットを今は想像したくない。

「ユリオス様は、私が勝手に従者たちに薬を配って、怒っていますよね？」

「悪い……。俺は相当鈍いようだ。怒る理由が分からん。むしろ、兵士たちを気遣ってもらい、ありがたいと思っているが、普通はそうではないのか？」

マーガレットが恐る恐る尋ねる質問の意図さえ、俺は汲み取ってやることもできず、間抜けな返答をした。

不思議そうな顔のマーガレットが、首を傾げた。

「あれっ、そうですか？　実家では、私が勝手に教会で薬を配れば『領地の薬が売れなくなる』と、お父様に叱られたものだから」

「そんなことをしていたのか」

「でも、おかしな話ですよね。素人の私が作る『お金のない庶民用』の薬を、裕福な人たちが欲しがるわけないのに」

「素人ね……」

「そうです。だから、もらいに来ているのは、そもそも薬を買えない人たちなんですよ。食べるものさえ困っている人たちは、薬も買えなくて、治る病気も治らないから少しでも役に立ちたくて」

彼女がどうして薬を売らないのか謎だったが、彼女の気持ちが見えた気がした。

「まあマーガレットの薬をもらえるなら、大して効かない薬を誰も高い金を払って買わないだろう」

「そんなぁ。素人の薬なのに、配るのは駄目ですか……」

「子爵領の事情は知らないが、辺境伯領に限っては問題ない。もし、領内の薬師から声が上がれば、やつらが困らないように対処するだけだ。そんなくだらんことは、マーガレットが気にする必要はない。兵士たちが喜んでいるようだし、マーガレットの好きにすればいいさ」

「……えっ……」

マーガレットは、まるで信じられないという表情で、俺を見ている。

俺の、あの噂のせいだろう。

本国の領地が隣国に占領され、その土地を奪還するために我が軍が動いている。そのせいで、『地を求める辺境伯』などと、俺が欲深い人間のように言われているからな。

リリーもこんな俺を嫌がり、申し出を拒んだのかもしれない。

唇を震わすマーガレットを見て、思わず抱き寄せた。

夏とはいえ、ひんやりとした洞窟の中だ。雨で濡れた体のまま、体温が奪われていくのはまずい。

それまで話をしていたマーガレットが、急に何も言わなくなった。

俺に触れられるのが嫌なのは分かっている。だが、体温を下げるのは危ない。悪いがこのまま一晩過ごすべきだ。

黙り込んだマーガレットは、目をきつく閉じてしまった。

……そうだよな、雨除けのマントを拒むほど、俺のことが嫌いなんだ。申し訳ないな。

少しすると、腕の中のマーガレットが、微かに震えているのを感じた。

「震えているが寒いのか？」

「いえ、寒くはないです。ユリオス様が寄り添ってくださっているので……」

……寒くない。そうなれば、マーガレットは俺が怖いのか。当然か。

「そういえば理由を聞いてなかったが、わざわざ山奥まで山茸を採りにきて、何の薬を作りたかったんだ？」

「ここで、お世話になった方に渡そうと思って」

苦労を買ってまで、何の薬かと思えば「世話になったやつのため」とはな……。

そうなれば、カイルのことだろう。

頼む、これだけは否定してくれ。そう強く願いながら問いかけた。

「心中では聞きたくないが、そいつを好きになったのか？」

「……はい。あっ、でも、そっ、それは今って言いますか。……極々最近と言いますか……。ずっと、気持ち悪く陰から想いを寄せていた、……わけではなくて」

マーガレットは素直に「はい」と答えた。

それなのになぜか、真っ赤になったマーガレットは、くどくどと言い訳をする。

……慌ててカイルへの想いを否定しなくても、俺がマーガレットを責めることはないのに。

俺がマーガレットへ言ったんだ、「離婚まで、好きに過ごせ」と。その俺が、妻の恋を責められるわけがない。

……もしかして、カイルを守っているのだろうか？

そんなことをしなくても、カイルを不当に扱うことはないのに。

以前、カイルと二人でいる姿を見て、マーガレットがカイルに気を許しているのは知っている。

どうやっても、もう俺の出る幕はない……か。

悔しいが、妻を笑顔にできない俺の横にいるより、カイルの横にいる方が、断然幸せだろう。

マーガレットが唯一欲しいと願った山茸。それは、俺との離婚祝いか、お前たちの結婚祝いか知らないが、マーガレットへの最初で最後の俺からの贈り物だな。

明日の朝。カイルのための山茸を抱えきれない程採ってやるとするか。

「マーガレット……。こんな遠くまで嫁いできてくれて、感謝している……」

「……」

眠ってしまったのか。

そうだよな。俺とは違うんだ。マーガレットは慣れない山を登って疲れているよな。

マーガレットの寝顔を見るのも、彼女の体温を感じるのも、最初で最後だな。

もっと違う出会い方をしていたら、俺たちの関係は違ったのかもしれない。

いや、初めて屋敷へやって来たあの日。彼女の話をちゃんと聞いていれば違っただけだ。

単に俺が悪いわけか。

「……振り回してごめんな、マーガレット」

【マーガレット視点】


メイドたちが仕事をする時間。そんな珍しい時間に私の部屋に来訪を知らせる音が響いた。

普段あまりやる気のないメイドが、全速力で仕事をこなし、私の部屋でお茶を飲みに来たのだろう。

そう思い、私が借りている使用人部屋の扉を躊躇いもなく開けてしまった。

「うぅわッ」

感情のままに、出そうになった声。それを慌てて喉の奥で掻き消した。

おそらく辺境伯には聞かれていないはずだ。

私の想像では、お仕着《しき》せ姿のお姉様が、クッキーを持って立っているはずだった。

それが、黒を基調とした正装姿の男性。綺麗な軍服、それもマントまで着け、ヤル気、最高潮のブランドン辺境伯である。

そんな彼が神妙な面持ちで立っている！　まさかだった。

身に迫る恐怖で瞬時に身の毛がよだつ。

逃げるが勝ちだ。そんな私は、いつでも扉を閉められる体勢で戦いに挑む。

この方のノックは、ドアが外れる、いや壊れるほどの迫力だ。

それなのに、このたびの訪問は、私を騙すような遠慮がちのノックだった。作戦変更の不意打ち。

この訪問……何か裏がある。

前ぶれもなく「血を求める辺境伯」が、私の部屋を訪ねてきている。もうこれは、嫌な予感しかしない。

――いよいよ、手違いの妻を辺境伯領から追い出しに来たのだろう。

私は視線を落とし、すかさず、お腰の剣を確認した。

おかげで自身の想像が正しいと確証を得た。屋敷の中を歩くだけの辺境伯が、本気モードの剣を身に帯びている。

この瞬間、私が拒めばあの世行きだと理解した。

ひとまず。彼が、いつ、それに手をかけるのか、私の視線はその一点に集中した。

隊長の承諾も得ずに、兵士の皆さんに私の薬を渡して遠征に送り出したままだった。

その間、鬼が不在となり相当羽を伸ばした。おかげで二か月も前の記憶は、すっかりと薄れかけ、完璧に油断していた。

今回は長くなるからという理由で、みんながみんな自分に必要な薬を欲しがっていた。

それを知り、手違いの夫の不興を買ったのかもしれない。

まだ離婚までは一か月を残しているが、いよいよ、そこまで待てなくなり、屋敷を立ち去れと言いたいのだろう。

そうだとしたら、残りの期間に材料を採りに行き、ブランドン辺境伯へ渡そうと思っていた薬を作る計画が全て白紙になる。

悔しい。できれば、あと一か月はここにいたかったのに。

何も知らない私だが、辺境伯の元へ来て、国を守ることが、どれだけ過酷なことかを肌で感じた。

それを知った今となっては、ブランドン辺境伯の抱える不安をそのままにしていたくない。半年間もお世話になったお礼をしたいと思う私の頭に真っ先に浮かんだのが、彼のための薬。そもそも私にできるのは、それしかないし。

そう思った矢先、穏やかな声が耳に届く。

「マーガレット、久しぶりだが元気そうで良かった…………」

――ん？

ブランドン辺境伯から、叱責《しっせき》される言葉を待っていたのだが、なんだか様子が違う。

あれ？　私に出ていけとは言わないのか…………。それなら話を本題に持ち込まれる前に切り上げるべきだろう。握るドアノブにぎゅっと力が入る。

「えッ、そんなことを仰るために、わざわざこちらまでいらっしゃったのですか？　ブランドン辺境伯も無事のお戻りで何よりです」

「いや、それだけではない。話は山ほどあるが、他の兵士たちとは名前で呼び合っているのだろう？　まずは、その～、あれだ、俺をユリオスと名前で呼んで欲しい」

「とっ、突然どうしたのですか？　大聖堂の方たちが、偽装夫婦の調査にお見えになるのでしょうか？」

「違うから聞いてくれ。俺はマーガレットとの関係をしっかりと考えたくて話をしたいんだ」

「二人の離婚の件ですか？　安心してください。離婚に応じないとか、出ていかないとか、私はそんな我が儘を言いません。お屋敷の方たちからとても良くしてもらい、これまで快適に過ごせましたから。では――」

「ぁあーもう！　ここで話していても埒が明かない。マーガレットは何か欲しいものはないか？　今から一緒に買い物へ行くぞ」

彼から持ちかけられた『名前で呼んで欲しい』との提案。それにどんな思惑があるのか、さっぱり分からない。

だが、軍を率いる隊長のお考えだ。相当な策士の発言が意味を持たないはずがない。そう思い少し思考を巡らす。

――だが、いくら考えあぐねたところで、凡人の私には分かりかねる。答えを出すのを諦めようとした次の瞬間、ハッと閃《ひらめ》いた。

私は間もなく離婚を控える身だ。私たちの離婚の際、私が彼の名前を呼ぶ無礼を働いたと、責める口実な気がする。

しかし、何か深い狙いがある辺境伯の命令に従わないのは、手違いの妻失格である。

ならばと、私は試すように呼んでみた。

「ユリオス様。私は欲しいものはありません。ですから私のために気を遣わなくて大丈夫です」

その瞬間なんと！　ガッツポーズを決めて笑った――！

「ユリオス様」と、たかだか名前を呼んだだけで、凄く嬉しそうな顔をなさった。

これっぽっちのことで、ここまで笑顔に変貌する殿方を、かつて見たことがない。

兵士の皆さんを名前で呼んでいるが、こんなに喜ばれたこともない。異常な空気が半端ない。

ということは、私の予想は当たっていたのだ。彼にとって離婚の口実ができ、安心したのだろう。

もう彼の用事は終わったはずだ。これで話を終えようと思ってると、そのユリオス様は険しい顔で何かを強請《ねだ》れと脅してきた。

「あっ、あるだろう。何でもいいんだ。宝石とか、ドレスとか、遠慮はいらない。何か欲しいものの一つくらい思いつかないか？」

今日は何かを試されているのだろうか。

「欲しいものはないか」と尋ねられても、そりゃー元々ない。

この辺境伯領に敢《あ》えてドレスを一枚たりとも持ってこなかった私が、ドレスも宝石も欲《ほっ》しているわけがない。

……この方は何をしたいのだろうかと、首を捻る。


――もしかしてだ！

私が何かを強請れば、「我が儘な傲慢妻《ごうまんづま》」として訴えるつもりだろうか⁉

それで後から子爵家へお金を請求する気なのか？　それだけは勘弁だ。お金はない。

ヘンビット子爵家は名前だけの貴族である。商才のない父は、細々と領地管理しかしていない。

元々、贅沢をするお金もないし、そんな請求をされれば子爵家の存続に関わる。

それでなくとも父は、素人の私が趣味で作る薬を「販売するべきだ」と、買う方にも、本職の方にも失礼極まりない非常識なことを言い出しているのだ。

私は断固拒否したが、我が家は、素人が作る薬を売らなければならないほど困窮しているのだろう。


お腰の剣から視線を動かし彼を見ると、眉間に皺の寄るユリオス様の気迫が凄い。

「何もない」と言っても納得しないユリオス様を追い払うためには、「何か一つ」お金では買えないものを言えばいいのか。

となれば、欲しいものを「一つ」思いついた私は早口で伝えた。

「あぁー、確かにありました。でも、それはカイルが一緒に採りに行ってくれるので……、ユリオス様にお願いしなくても大丈夫です。そうなると、やっぱり今、欲しいものはありません」

私はリリーのように着飾って女性らしさを磨くよりも、自分の趣味に夢中になっている変わり者だし、その自覚はある。

宝石やドレスよりも、その辺に生える植物が欲しいと言えば、『ユリオス様は笑うのでしょうね』と思っていれば、彼がブチ切れた!

「カイルには後から断りを入れろ。今から、俺と行くぞ。すぐに支度をしてくれ」

「やっ、あっ、いっ、今からですか？　それはやめた方がいいです」

軍の隊長様ともあろうお方であれば、天候を読めるはずだ。

今から山に行くとは……正気の沙汰じゃない。

不安げに見つめたが、「今すぐだ！」と、強く言い切ったユリオス様は、私を山へ捨ててくるつもりなのか……。

いや、私なんかを捨てるのに、そんな手間のかかることを敢えてするはずがない。

自分に自信がないせいで、あまりに疑心暗鬼になりすぎだ。

あああぁー。っていうかもう、ユリオス様が何を考えているのか、ちっとも分からない。

——それもそうだろう。

百戦錬磨のユリオス様が、自分勝手な私への制裁案を二か月間かけて練ってきたんだ。

鈍くさい私にはユリオス様が何を企んでいるのか、分からなくて当然である。ここまでくれば覚悟を決めた。

「分かりました。それでは着替えてきますので、少し時間をもらってもいいですか？」

「ああ、もちろんだ」

ユリオス様がにっこりと笑った——もはや彼の笑顔が怪しすぎて恐怖しかない。

これまで私の周りにいた者は、日焼けした私を笑っていた。

だから理解のあるカイルと一緒に採りに行く予定だったし、それをしっかりと伝えた。

それなのにどうして、ユリオス様と行く話に置き換わって、笑みを浮かべるのだろうか？

◇◇◇

閉めた扉が、カチャッと静かな音を立てた。その瞬間、緊張がほどけ、その場で四つ這いになって崩れ落ちてしまった。

体の力は抜けたものの、身の危険と隣り合わせの私は頭をフル回転させた。

窓の外を見れば、嵐が迫る雲行き。

そんな中で、どうしてユリオス様と山に行かねばならないのか？

今の自分の置かれた状況。それが全く掴めない私に「その答え」がもちろん見つかるわけもなく、時間だけが刻一刻と過ぎる。

何か手がかりを求め、過去のユリオス様とのやり取りを思い返してみた。

だが、ユリオス様との絡みは過去に二回しかない。

結婚初日の手違いの結婚宣言。それと、部屋を移れと言われた日だけである。

あの日、居留守を使おうとしたものの、勝手に侵入してきたユリオス様と、二回目となる会話を交わした。あれが最後だ。

……そうだった。まずい。

こんなところで呑気にしていては、ユリオス様が勝手に入ってきてしまう。そういう方だ。

サァァーッと血の気が引いた私は背後を振り返る。

すると扉から、どんよりとした重たい気配が漂う。彼が来る。そう思った私はクローゼットの中から、慌てて着替えを探す。

山に登るときは動きやすさが最優先だ。はじめに手に取った穴の開いたズボン。斜面をしばしば転げ落ちるせいで、もうボロボロだが、これが一番だろう。

あとは、汚れても気にならない父のお古のシャツを着れば、問題ない。

彼の突入は免れた。だが、ただでさえ肩身の狭い私がユリオス様を相当に待たせている。ここは潔く、怒鳴られる覚悟で扉を開く。

すると目尻を下げ、嬉しそうに微笑むユリオス様が、少し恥ずかしげに立っていた。

その予期せぬ表情を見せるユリオス様に、思わずドキッとしてしまう。


日頃、鬼のような形相を見せるユリオス様も、笑えば可愛い顔をされる。

だがしかし、「彼の笑う基準」。それが全く分からないから頭を抱える。

馬車に乗り込む直前。ピタリと動きの止まったユリオス様が、私の顔を見つめる。

「ところで行き先を聞いていなかったが、どこへ行きたいんだ？」

「へ？」と思う私は、その言葉に拍子抜けしてしまう。

てっきり彼に伝えたつもりだったが、どうやら勘違いだった。焦っていたせいで、ユリオス様との間に行き違いがありそうだ。

あれれ、待てよ。もしかしてユリオス様は本当に「どこかへ出かけたい」だけなのか？

そうであれば、私としては「違うところで良かったんだけどな」と思う。

ユリオス様が「欲しいものはないか」と聞いてきたから、山茸しかないだけだ。つまり行き先は山。今更かもしれないが、行きたいところならある。

メイドたちが話す「流行のカフェに行きたい」と言いかけた、その時――。艶々《つやつや》と輝く黒い車体に自分の格好が映る。

薬草採りに重宝しているボロボロの格好だ。

こんな服装でおしゃれなお店に入れるわけもない。それに今から、「また着替える」なんて言い出せない。

流行に敏感な客で溢れるカフェに行き、『領主の妻が正気ではない』と思われるくらいなら……。この際、嵐の中の山でいいと思う。

厩舎を見やれば、私を熱心に乗馬へ誘う馬丁さんの姿がある。

鈍くさい私が乗馬なんてすれば、落馬するのは目に見えた話。親切な馬丁さんに「怖いから無理だ」と何度も断り続けている。日頃の誘いを無下にしている詫びを伝えようとしたが、ギョッと目を見開く彼は、逃げてしまった。

ユリオス様から逃げ惑う私を庇ってくれた優しい馬丁さんの「乗馬の誘い」。私はこれっぽっちも耳を貸さず、聞き流してきた。

それなのに今は、拒絶を続けた馬に乗ろうとしているのだ。それもユリオス様と一緒に。矛盾しかないこの状況を見られてしまい、気分を害してしまった気がする。

だが、私のせいで逃げられましたと、反省する間もなかった。

さすが、戦場を駆け回る隊長様だ。手際よく、するすると馬の準備を終えた。

そんなユリオス様に抱き上げられ馬に跨《また》がった。

覚悟を決めたといっても、やはり怖いものは怖い。

揺れる馬の上は思った以上に視線が高いし、振り落とされる恐怖が襲いかかる。内心泣き叫ぶ私はドキドキが止まらない。

けれど走り始めて十分もすれば、乗馬にも慣れてきて、風が気持ち良く感じられるようになった。


「……あら。意外にイケるものね」

こうなれば景色を楽しむ余裕さえ出てきた。

けれどなぜだろう。すでに安心しているにもかかわらず、心臓のドキドキは一向に止む気配がない。

もしかして……。もしかすると！

ユリオス様に抱えられ、私は「彼を意識している」のだろうか？　まさかね。

私を「手違いの妻だ」と、どやすユリオス様に恋をするなんて思い違いだろう。

いやしかし、何事も実験が肝心だ。

手始めにユリオス様に寄りかかり、実証を試みた。

彼の胸に私の頭をぴったりと寄せた。少しすると、ユリオス様から頭を撫でられたのだ！

「え？」

……嘘だ、嘘だ、嘘よね。何がどうなっているの？

私の想定を大きく上回る行動をとり続けるユリオス様のせいで、ますます鼓動が速くなる。

「あぁぁーッ。なんなのよ！」。これでは自分の感情が、余計に分からなくなってしまったわ。

私って、「馬にドキドキしているの？」それとも「ユリオス様？」どっちなのよ。

そんな風に悶絶していれば——結局。何一つ分からないまま、山の麓に着いてしまった。自分の気持ちはモヤモヤのままだ。


山頂を見上げると同時に空の色を観察する。

私のペースで登れば、「天候が崩れる前に戻って来られるか？」正直なところ自信がない。

けれど、どうしても、「ザワザワする自分の気持ちの正体」を確かめたくて、このまま進みたい。

乗ってきた馬を繋ぐユリオス様が尋ねてきた。

「マーガレット、山茸はどの辺りにあるか分かるか？」

「山茸が生える木は麓には見当たらないですね。途中、遠目で見た限りですが、結構な山頂付近にその木が見えました。もし、今日は都合が悪いということでしたら、後日、出直してもいいと思いますけど？」

「俺は気にしないが、マーガレットが出直したいなら、そうするか？」

「あっ、あっ、ユリオス様が気にされないのであれば、私は大丈夫です！　行きましょう」

彼から「私が出直したいなら」と、登山の判断をゆだねられた。やはり天候のためだろう。

ここで引き下がれば、ユリオス様と二人で過ごす時間は二度とこないと思い、咄嗟に「大丈夫」と答えた。嘘ばっかり。

決して「大丈夫ではない」。のろまな私のせいでユリオス様を危険に晒すと分かっていながら、自分の気持ちを優先させてしまった。そんな自分が情けない。


ユリオス様にとってはこんな山道、私を気にしなければ、どんどん登っていけるはずだ。だけど、そういうわけにもいかないのが私だ。

登り始めた序盤から息が上がり、「手を貸して欲しい」とユリオス様に助けを求めるのも億劫になる。

そんな気持ちを察してなのか、何も言わなくても、ユリオス様は私にすっと手を差し伸べてくれた。そうかと思えば、ところどころにある段差も、難なく私を持ち上げてくれるのだから、なんともありがたい。

おかげで、私にとっては予想よりも遥かに順調なペースで山を登ってきている。

周囲に黒い雲が迫り、暗くなってきた。のろまな私のことなんて、本当は置いていきたいはずだ。けれど少しもそんな素振りを見せないユリオス様は、むしろ、常に私を気遣ってくれている。それがひしひしと伝わる。

ずっと怖かったはずなのに、彼と一緒にいると凄く安心する。素っ気ないけれど、優しさが伝わる。

初めて副隊長のギャビンさんに会ったときもそうだけど、他の兵士の皆さんが、ユリオス様へ絶対の信頼を寄せていた理由が見えてきた。

すぐにクビになってもおかしくない風変わりな従者たちが、あの屋敷に多い理由も。


今日が私たちの最初で最後のお出かけだ。手違いで夫婦になった私たちの結婚生活は、あと少しだけ。

そう思うと、泣き出しそうな自分がいる。そうね……やっと自分の気持ちがはっきりした。

自分では気づいていなかったけど、窓からユリオス様を見ていたいと望んだのは、この方が好きだったからだ……。

だけど……ユリオス様が少しだけ意地悪に思えてくる。

どうせ一か月後に離婚するのだから、ユリオス様を愛しく思う気持ちに、このまま気づかせないでいてくれれば良かったのに。


「あー、とうとう……」と言葉が漏れる。

……周囲に土が濡れた匂いが漂い、頬に冷たい雫が落ちてくる。

雨脚を見かねたユリオス様が、私の頭からパサリと彼のマントを被せてくれた。

「マーガレット、これを被っておけ」

「いや、困ります。いらないです」

「駄目だ。雨に濡れては体が冷えるだろう」

それはお互い様だ。私にマントを貸せば、ユリオス様が濡れてしまう。

それもこれも、私がまごついていなければ、もっと早くに山頂に着いていたはずなのに。

いや、私が山茸を欲しがったせいだし、引き返そうと麓で言わなかったのが悪い。

そもそも山と聞いて驚いた彼に、「山はやめてカフェにしましょう」と、自分可愛さに言えなかったのは私だ。申し訳ない。

……こんな事態を招いて、悪いのは自分だ。

顔向けできないと感じる私は、彼の顔を見ることもできずにいる。

期限付きの夫婦。

時期が来れば、傍にいられない方だと分かっているのに、私、ユリオス様の隣にいたくて仕方ない……。

◇◇◇

「マーガレット、あの洞窟で雨が上がるまでしばらく休むぞ」

「あ、はい。分かりました」と返答し、洞窟で一晩過ごすつもりでユリオス様に続く。中へ入れば壁を背にして並んで腰を下ろした。

座った直後。ユリオス様は濡れた軍服を脱ぐ。中に着ていたシャツは乾いており、私は少しだけ安堵した。

だが、ユリオス様のホワイトブロンドの美しい髪から雫がぽたりと落ちる。その姿に、やはり心が痛む。

私は雨に打たれることもなかったが、常に気遣ってくれたユリオス様から、この期《ご》に及んで顔を背けたままでいる。このままでは駄目だ。

あまりにも失礼な態度だと自分でも思うし、どのみち、明日の朝までここで二人きりであれば、しっかりと向き合うべきだろう。

「私のせいで、ごめんなさい」

「マーガレットが謝ることは何もないだろう。マーガレットの欲しいものを採りに行くと、言ったのは俺だからな」

「迷惑ばかりかけていたのに、こうして山頂まで連れてきてくださって、ありがとうございます。私と一緒に山へ登って嫌な顔をしない人は、ユリオス様が初めてでした」

「迷惑など被っていないが、どこかで何かに気づくべきだったのか？」

ユリオス様が濡れる羽目になったのは私のせいなのに、それを軽く受け流す紳士的な姿。その見事な心術に感銘を受けると同時に心臓がキュッとした。

「ユリオス様は、私が勝手に従者たちに薬を配って、怒っていますよね？」

「俺は相当鈍いようだ。怒る理由が分からん。むしろ、兵士たちを気遣ってもらい、ありがたいと思っているが、普通はそうではないのか？」

全く怒っていないと仰ったうえ、私の趣味を認めてくれたのだ。こんな人も、夢のような場所も他にはないだろう。

この幸せな環境にずっと暮らせる、妹のリリーが羨ましい。

ユリオス様が本物の妻に望んでいるのは、リリーだと頭では理解しているつもりだ。

けれど、誠実なユリオス様に、リリーは相応しくないと感じる自分がいる。

だからといってそれは、選ばれなかった女の妬みでしかない。


ユリオス様は私の実家に花嫁の変更を願い出ているだろうし、きっと、もうすぐ妹がやって来る。

そうすれば、私は入れ替わるように、この屋敷を追い出される予定だ。

でも、この洞窟の中にいる間。この時間だけは、彼は私だけのもの。

ユリオス様から腕を回され、彼の胸に抱き寄せられた。伝わってくる彼の温もりが、私の寂しさを癒やしてくれる気がする。

それは、自分の都合のいい勘違いというのは分かっている。彼が心からそうしたい相手は、リリーなのだから。

……それを想うと、悔しさが込み上げてきて、肩が微かに震え出す。

「震えているが寒いのか？」

「いいえ、寒くはないです。ユリオス様が寄り添ってくださっているので……」

……むしろ、込み上げる感情で、胸が熱いくらいだ。

「そういえば理由を聞いてなかったが、わざわざ山奥まで山茸を採りにきて、何の薬を作りたかったんだ？」

「ここで、お世話になった方に渡そうと思って」

半年間、この領地でお世話になったお礼。それと、この国に尽くされているユリオス様への応援として。

カイルと山に登る計画を立てたときまでは、それだけだったのに、今の私は笑いながらユリオス様に渡せる自信がない。

おかしいな……こんなはずじゃなかったのに。

目頭が熱くなるのを感じた私は、涙がこぼれてしまわないように瞳をそっと閉じた。

ユリオス様に身を預けて密着する私の耳に、ゆっくりと拍動するユリオス様の心臓の音が伝わる。

規則的なその音が、まるで私を眠りへ誘うように、安心を与えてくれた。


【ユリオス・ブランドン辺境伯視点】


洞窟の外が徐々に白み、少し前から、橙色の光の筋が洞窟の天井を照らしている。

太陽が昇ったことで、安心しきった顔のマーガレットがよく見えるようになった。

俺の肩に寄りかかり、静かな寝息を立てて眠っているマーガレット。できればもう少し、このままでいたい。

だが、俺のつまらない感情を優先させるよりも、一刻も早く彼女と下山すべきだろう。

名残惜しさをグッと堪えた俺は、マーガレットを抱き寄せる腕で彼女の体を揺する。

「マーガレット。朝になったが起きられそうか？」

そう声をかけ、しばらく待ってみたが、閉じたままの瞼《まぶた》はピクリとも動かない。

そんな姿を見ると、もう少しだけ彼女の温もりに浸っても責められない気がしてくる。

マーガレットは初めての野宿だろうし、昨日の疲れも十分に取れていないだろうと、自分勝手な言い訳まで思いつくのだから、おかしな話だ。

だが野宿の装備もない状況だ。このまま水さえも摂らず、山頂で長居をすれば、体力を失うだけ。

彼女を安全に連れ帰るためには、猶予がない。少々手荒にしてでも起こすべきか……。

「マーガレット、朝だぞッ！」

俺の荒げた声に気づき、マーガレットはうっすらと目を開く。

すると彼女はハッとした表情を見せ、俺から身を離した。

「おっ、おはようございます」

「ああ。目が覚めたみたいだな」

「私だけぐっすり眠ってしまい申し訳ありません。私は温かくてよく眠れましたけど、もしかして、ユリオス様は一晩中起きていたのですか？」

「俺にはよくあることだ、問題ない。雨は上がっているし、山茸を採ってさっさと山を下りるぞ」

それを伝えた途端、マーガレットが満面の笑みになった。

なるほどな。気持ちを昂《たかぶ》らせるほど、山茸を持ち帰るのが嬉しいのだろう。

「そうですね。きっと昨日の雨で一杯生えているはずですよ。まだ、誰も採りにきていない一番乗りですからね。ちゃんと必要な分だけ持って帰れると思います」

マーガレットを笑顔にさせる理由が、カイルのための山茸。その現実を目《ま》の当たりにし、気がつけば唇を噛んでいた。

そんな俺の気持ちにお構いなしのマーガレットは、跳ねるように立ち上がり、楽しそうに外へ飛び出した。


……妻は、俺の気も知らずに呑気なものだ。

まぁ、それでいい。

マーガレットが好きになったカイルは、信用のできる男だし、あいつの父親もあの叔父上だ。

マーガレットが嫁いでも、悪いようにはならないだろう。


「キャァー、ユリオス様、大変ですッ！」

洞窟の外に出たマーガレットが、助けを求めるような悲鳴を上げた。

それに驚いた俺は慌てて彼女の元へ駆け寄り、念入りに周囲を見回す。

……だが、開けた平坦な場所に佇むマーガレットの近くに、危険なものは何一つ見えない。

「大丈夫か……。何かあったのか？」

「はい！　辺り一面に山茸が溢れていますよ。これだけ採って帰れば、調子の悪いところもしっかり良くなります。私たちって、凄く運がいいですね！」

「運がいい？」

「だって、寝て起きたら山茸の方からやって来たんですよ。踏み荒らされていない綺麗なままなんて凄いです。ふふっ、昨日から山に登って大正解でしたね」

そう言ったマーガレットは、くすくすと上機嫌に笑っている。

その可愛い表情に当てられてしまい、俺の時が止まった気がした。


「それは、良かった……良かった」

動揺してうまい返答を見つけられない俺は、適当な返事しか言えずに終わる。

もしかして、この愛しい気持ちが、恋なのか……。

……マーガレット。俺の失敗を、そんな風に笑い飛ばしてくれるなんて。

馬鹿やろう……。

どう考えても、昨日、山に登ったのは大失敗。それを運がいいと喜ぶなんて、どこまでお人好しなんだと心の中で言い返す。

——ああ……馬鹿は俺の方か。

どこを探しても、お前以上に優しい女は、いないだろう。

俺が偶然手に入れた妻は、これまで見てきたどの令嬢よりも、いい女だったのに、その妻に俺は……。

喜ぶ彼女を見ているそのときだ。手の甲に、ぽたりと雫が落ちた。

雨は降っていないが、俺の頬を一筋の水が伝う。

……いや、違うんだ。

これは寝ていないから欠伸《あくび》をしただけで、決して泣いているわけではない。

お前に好きなやつがいるのが分かって……泣いているわけではないんだ……。

そう言い訳をしたところで、自分の意思では止められない。

情けない顔を見られるのが恥ずかしい俺は、彼女に背中を向ける。

それでもマーガレットは、「ありがとうございます」と、何度も礼を言いながら、すでに山茸を採っているようだ。

カイルのやつが一体どこに不調を抱えていたのか知らないが、良くなってもらわねば、遠征に響くに違いない。

行き着く先は、俺のためでもある。振られたことに拗ねていないで採りに行くか……。

服の袖で涙をぐいっと拭い、気を取り直した俺は、どれがマーガレットの言う山茸なのかを確かめるため、彼女を見やる。

すると山茸を採るのに夢中になり、崖っぷちに迫りそうなマーガレットの姿があった。

「おい、危ないから俺から離れるな」

俺がそう言えば、嬉しそうなマーガレットが弾むように駆け寄ってきた。そんな彼女に腕をぐいぐ

いと引かれ、群生しているところまで誘導された。

「ユリオス様！　こっちですよ、早く、早く」

「分かった、分かった」

「この袋が一杯になるまで、持っていきましょうね」

「おお、任せろ！」

　くすくすと彼女が声を上げて笑う。もう叶わないと分かっているが、その笑顔をずっと見ていたいと思ってしまう。

　離婚を引き止めようと俺が必死に追いかけていたのは、薬をもたらすマーガレットだった。

　……だが今頃になって、無邪気なマーガレットに恋心を抱いたと、胸に突き刺さる痛みが、俺に気づかせてくれた。

　笑顔の妻を見て、直接言えなかった「愛してる」の一言を、心の中で告げた。


【マーガレット視点】


　ユリオス様の肩に寄りかかり、ここが外だということも忘れて眠りこけた。

　きっと、ユリオス様は一睡もせずに周囲を気にかけていたはずだ。

　昨日、雨で濡れてしまい体は冷えただろうし、遠征帰りで疲れていたはずだ。にもかかわらず、彼は穏やかに笑顔を見せる。

無理をなさった彼の体調が心配でならない。それに関しては、屋敷へ帰った後になんとかする必要がありそうだ。

だけど今は山茸のことだろう。

長年に渡る彼の肩の不調。それを改善するには、ちょっと薬を塗るだけでは治りきらない。

早く下山すべきだけど、ユリオス様のために、できるだけ多くの山茸が欲しいところ。

それがまさか、この短時間で大きな麻袋一杯の山茸が採れるとは、思ってもいなかった。

この量が確保できたとなれば、彼の肩は確実に良くなる。

……これで、やり残すことなく、ユリオス様のお屋敷を去れるはずだ。

「後で、ユリオス様の部屋を訪ねてもいいですか?」

「俺の部屋にマーガレットが?」

「あっ、お渡ししたいものがあるので、それだけ渡したら、すぐに立ち去ります。深い意味はないから安心してください」

私が部屋を訪ねると言えば、目を見開きユリオス様が狼狽《ろうばい》した。

疲れているはずのユリオス様を労《ねぎら》うためなのに、そこまで拒絶されるとは。

まあ当然だろう。手違いの妻が部屋に押しかければ、困るに決まっているものねと、笑い飛ばしておいた。

第6章　鈍感なふたり

【ユリオス・ブランドン辺境伯視点】


……マーガレット。

彼女のことが好きだと気づいた後は、彼女の全てが愛おしく思え、危なっかしい彼女を守りたいと、その一心で山から下りてきた。

そして、無事に屋敷へ戻れば、それまで張り詰めていた、もろもろの感情が一気に緩んだ。

自分の部屋へ到着してすぐに向かった浴室。シャワーを浴び終えた俺はタオルを腰に巻き、手足をだらりと伸ばした体勢でソファーに体を預ける。

髪もまだ濡れたままだが、しばらく何もする気になれなかった。

遠征直後の疲れもあるが、「女性を口説く」という、やり慣れない高度なことを、もう考える必要がなくなったせいなのか……。

それとも、深い後悔なのか……。

自分がもっと早く、彼女への気持ちに気づいていれば、こんな結果にならなかったのかもしれない。

悔やんでも悔やみきれない。そんな気持ちのせいか、湯で温まった体が冷えるのを感じつつも、そのまま動けずにいた。

悶々とする俺がぐったりとしていたときだ。

静まり返るこの部屋の扉を、遠慮がちにノックする音が響き渡る。

日頃から、俺が部屋にいると知りながら訪ねてくる者は、ニールだけ。

少々億劫な気持ちを抱きながらも、無視するわけにはいかない。急に屋敷を空けた俺に急ぎの報告だろうと、勢い良く扉を開けた。

するとニールではなかった。

なんと！　マーガレットだ。両手で何かを握り、部屋の前にちょこんと立っていた。

それを見た瞬間。こめかみに、たらりと冷や汗が流れるのを感じる。

……やってしまった。

ニールだろうと思い込み、自分の格好を気にせず応対したが、まずい。マーガレットではないか!!

そうだった。あれは山を降りる直前のことだ。マーガレットは俺の部屋へ来ると言っていたはずだ。

……信じられん。

気が抜けたせいだろう。油断してしまい、すっかりそれを失念していた。

マーガレットから「俺の部屋を訪ねてもいいか？」と、問われた直後。俺はマーガレットとの、良からぬことを期待した。

彼女の反応から、俺の想像は、全くの見当違いだと分かったが。

……いや、男なら普通だろう。部屋に行くと言われたうえ、一晩中、マーガレットの温もりを感じていたのだから。一糸纏わぬ行為を想像するだろう。

おい、おい、おい。……この状況はやばい。

これではまるで、俺がその気で待っていた男のように見えるだろう。これでは……俺は……ただの欲望の塊じゃないか？

違う！　違うぞ！　部屋を訪ねるマーガレットを、「あわよくば」と狙っていたわけではない。決してそうではない。

それを否定するのも、もはや不審な言動にすぎないだろう。どうすればいいんだよ！


己の中で、マーガレットへの言い訳を必死に探す。だが、焦る俺の心情をよそに、マーガレットは至って淡々と用件を伝えてきた。

「この薬は、体の疲れを取るのと、風邪を予防する効果を合わせたものです。ご自分が濡れるのも構わず、私にマントをかけていただいたうえ、一晩中眠らずに、私を気にかけていただきありがとうございます。良かったら使ってもらいたくて持ってきました」

微笑む彼女に動揺する素振りは全くない。

もちろんそうだ。彼女はカイルが好きで、下心があるのは俺だけだ。マーガレットは俺のことなど眼中にないのだから。

「俺のために、マーガレットが作った薬を持って来てくれたのか？」

「もし、嫌でなければ飲んでからお休みになると、体の疲れもよく取れると思います。では、ゆっくり休んでくださいね」

「ああ、感謝する。マーガレットも今日は、ほどほどにして早く寝るんだぞ」

「はい！　ふふっ」

愛らしい声を出し、楽しそうに笑うと、至って平然とした様子で立ち去っていった。

手の中に小さな瓶を握り締め、ぽつんと独りになる。そんな俺は、マーガレットが作ってくれた薬を、複雑な気持ちで見つめる。

「――俺にも届いた」

先日まで出陣していた遠征で、部下のやつら全員が持っていたものと同じ瓶だ。

別に薬が欲しいと思ったことはない。ただ、俺だけが持っていなかった。それが悔しくて横目で見ていただけだ。

長期の遠征中、俺だけが与えられなかったマーガレットの優しさ。

それなのに、俺がマーガレットを追いかけるのを辞めた途端、手に入るとは。

……今更すぎて滑稽《こっけい》に思える。

初めてこれを手にして分かったが、マーガレットの中で、この「小さな瓶」はただの義理なのだろう。

彼女の人柄を知れば、何となくだが好きなやつには、特別なものを渡す気がする。

せめて、カイルにそれを渡すときは、俺の見えないところでやってくれ。そう願わずにはいられない。

【マーガレット視点】


目の毒？　目の薬？　ナニコレ……。

ユリオス様の部屋を訪ねると、上半身裸。それも、下は白いタオル一枚で現れた。

恥ずかしくなり、視線を下に向けようとして、その一点で目が止まった。

大変だ。……これではまるで、タオルの向こう側へ目を凝らしている痴女だ。

いや、いや、いや。落ち着きなさい私。

目を逸らせば意識しているみたいだし、真っすぐ向けば、逞《たくま》しい胸板が見えている。

これはもう、ユリオス様の顔を凝視するしかない。

そう思ってユリオス様の顔を見ているが、これも私の気持ちをくすぐって仕方ない。

昨日だって、ユリオス様の髪が濡れているのは見た。

だが今は、湯上がり直後なのだろう。上気《じょうき》する顔で、髪から水が滴《したた》る様子が妙に色っぽい。

一呼吸置けば、ユリオス様の顔が引きつっているのが分かった。

そうだった。私が「部屋を訪ねる」と伝えた途端、彼は激しく狼狽《うろた》え、訪問を嫌がっていたのだ。

「本当に来たんだな」と引かれても仕方ない。当然である。

今こそ、あのときのユリオス様を思い出し、気持ちを静めるときだろう。

目を泳がすユリオス様を想像した私は、持参した薬の説明を立て板に水とばかりに話し終えた。

得意分野に関する話だ。これだけは、夜会でもベラベラと喋り通せるのだから、一度落ち着けば問題ない。

最後の締めは、笑って誤魔化した。これで万事うまくいったはず。

とりあえず、痴女というレッテルは貼られずに済んだ気がする。


乙女の妄想が無駄に膨らむ前に、逃げるようにその場を後にしてきた。

けれど、ドキドキする心臓が一向に収まる気配はない。

初夜――。それに関することを知らなすぎる。

そのせいで、ユリオス様のお胸を見たくらいで、子どもみたいな反応をしてしまい、情けない。

この国の二十一歳といえば、皆、それなりに恋人を作り、当たり前にちゃんと経験していることだ。

もちろん私だって、結婚まで乙女で居続けるつもりはなかった。……けれど、その機会がなかったから仕方ない。

リリーであれば、もっと卒なくユリオス様と過ごせるはずだ。

そう思うと、誰からもモテない自分が悲しくなってしまう。

そんなリリーは、いつ、この屋敷へ来るのかしらと、好きになれない妹のことを想像してしまう。

【ユリオス・ブランドン辺境伯視点】

俺が軍の敷地から屋敷へ帰れば、出迎えのために待つニールと共に、マーガレットもエントランスに立っていた。

彼女は服装に無頓着なのだろう。質素なワンピースか、年季の入ったズボン姿が定番で、全く派手な印象はない。

むしろ、それを好ましく思う俺にとっては、可愛く見えて仕方ない。その言葉も今更ながらに伝える機会を逃してしまった。

あと二週間もすれば、離婚の誓約書を大聖堂に提出できる。

だが、彼女から申し出がなければ、それを切り出すつもりはない。

屋敷のやつらもマーガレットがいるだけで喜んで仕事をしているようだし、俺は屋敷で彼女の顔を見られるだけで、幸せだ。

……何より。

彼女以上に気持ちを揺さぶられる女性は見つかるわけもなく、マーガレットとカイルの結婚を見届け、頭を冷やしてからでなければ、次の結婚へ動き出せる気がしない。

嬉しいのか、悲しいのか複雑な心境だが、離婚が差し迫る今頃になり、夫婦の関係が変化している。

山へ一緒に登った日以降、どこで出くわしても、マーガレットから話しかけてくるのだ。

あの日まで、俺がマーガレットを必死に追いかけていたのが、嘘に思えてくる。

今だって、彼女が少し憂いを帯びた雰囲気で、俺に話しかけようとしている。

「あの～ユリオス様……。明日から、また出陣なさると聞きましたが……」

「ああ。まあ、ここから一番近い基地へ行ってくるだけだ。軍のやつらもみんな、二週間もすれば戻ってくる」

いつも笑顔でいることの多いマーガレットが、神妙な面持ちを見せたため、不安の矛先は、カイルのことだろうと察する。


明日から出発する遠征の予定を伝えてやると、マーガレットは打って変わって笑顔になった。

花が咲いたような反応を見せる理由が、「俺であったなら」と心の中で願ってしまう。

「良かった。また、長期で不在になるのかと心配していたんです。あの～、ユリオス様には必要ないと思いますけど、私に何かできることはありませんか？」

にこにこと微笑むマーガレットに見つめられ、断る理由もない。

マーガレットの薬。俺にとっては別になくても困るものではないが、他のやつが持っていれば、妬む気がしてならない。以前の遠征では、俺だけがもらえなかった彼女の優しさだ。

俺も、彼女に甘えたい。そう思って頼んでみた。

「以前、渡してくれた疲れを取る薬。せっかくだから、それを持っていきたいが……」

「ふふっ。分かりました。では、ユリオス様のお部屋に届けますね」

「ああ、待ってるぞ。そういえば、ギャビンがマーガレットに会いたがっていたな」

「最近足を運んでいなかったので、後で兵士の宿舎の中も回りますね」

「宿舎の中を一人で歩くのは危ないから、カイルから離れるなよ」

「こう見えても大人ですから、心配しすぎですよ。どんくさい私でも、さすがに宿舎の中で迷子になりません」

迷子……。おいおい、問題は別だ。兵士の宿舎は、マーガレットを狙うやつらの巣窟《そうくつ》だろう。

「いや、そうではなくて、女だからな」

「荷物持ちがいてくれると助かるので、そうしますね」

真面目な顔のマーガレットは、自信ありげな口調で話し終えた。

大丈夫か……。相当に腕の立つ薬草師の一面があるから惑わされてしまうが、一見しっかりしているようで、まるで子どものようだからな。

それに、人が良すぎるところも危なっかしい。そんな調子だから、父親に騙されて俺と結婚させられたんだろう。

彼女との関係も、そろそろ終わりだ。結婚以来、気になっていたことを後で聞いてみるか。


【マーガレット視点】

ユリオス様のお帰りは、今から二週間後と聞いて、ホッとした。今日が最後ではない。また会える。

二人で採りに行った山茸の乾燥に時間がかかり、ユリオス様にお渡しする薬が、まだ完成していない。

最後のお礼くらい、自分でしっかりすべきだと思う。

ユリオス様が遠征からお戻りの頃には、ちゃんと完成するはず。そうすれば、ユリオス様へ想い残すことなく、実家へ帰れる。

いよいよ、帰る準備を始めなくてはいけない。とはいっても私の荷物は薬ばかりで、適当な普段着を鞄に詰め込めばすぐに終わる。

住めば都。まさにそのとおりで、使用人の宿舎があまりにも居心地が良かった。

毎晩、お姉様たちが、この部屋を訪ねてくれて楽しかったし、荷物になる薬は全てこの部屋に置いていって良いと、親切に言ってくれたのだ。


一度自分の使用人棟へ戻った私は、薬の入った籠を抱え、本邸まで戻っている途中だ。

その移動中、私の姿を見つけたベンさんが駆け寄ってきた。手にハサミを持つ彼は、何かの作業の途中だろう。

「マーガレット、お前さん本当にここからいなくなるのか？」

「そうですよ。初めから半年だけの予定ですから」

「カイルの嫁になるのは、そんなに嫌か？」

「ふふっ。もうベンさんってば。絵に描いた紳士のようなカイルに、私のような地味な女は釣り合いませんよ。ちゃんと身の程はわきまえていますから」

「カイルが好みじゃないなら、儂と結婚したらいいんじゃないか。実家に帰っても、何の当てもないんだろう。お前さんがいなくなったら、儂の話し相手がいなくなるからな」

モテない私にとっては、大変ありがたい申し出だ。でも、これに食いついてはいけないことくらい十分に理解している。

「う〜ん。ベンさんは嫌いじゃないし、嬉しいけど。そんなことを軽々しく言ったら駄目ですよ」

「嫌いじゃないなら良かろう。マーガレットがいないと儂が独りになって、寂しくなるだろう」

「ごめんベンさん。私、急いでいるので、もう行きますね」

ユリオス様を待たせている手前、話を途中で遮った。

そもそも庭師のベンさんに、息子がいる時点で既婚者である。問答無用に論外だ。

◇◇◇

ユリオス様の部屋の前。

扉をノックした直後から、乙女の妄想が始まった。

……例のアレのせいだ。

以前見てしまったユリオス様の、逞しいお胸――。

見れば恥ずかしいくせに引き締まった体を拝見したくて、再び、あの姿で現れないかと期待をしているのだ。

「待たせたなマーガレット。ん？　顔が赤いが熱でもあるんじゃないのか？」

「部屋から走ってきたせいなので、気にしないでください」

軍服を着たままの真面目なユリオス様に、まさか「裸で出て来て欲しかった」なんて言えるわけもない。痴女でごめんなさい。

「そんなに急がなくても良かったのに、気を遣わせて悪いな。俺からも聞きたいことがあるんだが、いいか？」

「構いませんけど」

「マーガレットが俺の屋敷へ来ることが決まって、自分のために何か買ってきたものはあるのか？」

「ん？　……申し訳ありません、質問の意味がちょっと分からないのですが、半年くらい前に何か買ったか？　と、いうことですか」

「ああ、そうだ」

「それなら、えっと……あ、ありました。父からユリオス様の元へ行くのに必要なものを聞かれたので、買ってもらいましたけど」

「そうか、それなら良かった。何を買ったんだ？　大して荷物もないようだが」

「薬を入れるために使う瓶や袋を一杯買ってもらいました」

「は？　それだけか？」

「はい。他に必要なものは思いつきませんし、それだけですよ。何かありましたか？」

「いや、こちらの話だ。この薬はありがたく受け取っておく。俺は明日早いから、マーガレットが起きたときには、いないだろう。留守を頼むな」

「あ、はい。お気をつけて」

どういうことかしら？

頭の中で問われた理由を考えてみたが、私には見当もつかない。

わざわざ聞くようなことかと、腑に落ちないながらも、ユリオス様の部屋を後にした。

借りている使用人部屋は、お世辞にも広いとは言えなかった。

私の趣味を満足に楽しむには相当に狭い。気を利かせてくれたお姉様たちが、私のために、ちゃっかり二部屋用意してくれた。

そのうちの一部屋である趣味専用の空間に、カチャンと、陶器同士がぶつかり合う小さな高い音が響いた。

この音を最後に、この部屋での作業は全て終えた。

上質な山茸を存分に採ってきたおかげで、自分なりに満足のいく薬ができた。ユリオス様と二人で行って良かった。そして、ここで最後に作った薬は最高の出来栄えだ。

やっと彼の薬が完成したのだ。本当にギリギリだった。正直なところ、もう間に合わない気がして、途中で作業の速度を上げる羽目になった。

渡す薬はすぐに効くものではない。けれど、私との結婚生活を我慢できた期間くらい、この薬を塗れば、ユリオス様の左肩の調子は良くなると確信している。

ユリオス様であれば、気長に待てるだろう。だって、リリーとの結婚生活を、半年も先延ばしにできる寛大な性格なんだもの。

私がユリオス様を好きな気持ちと、それを早く捨て去りたい気持ち。

リリーを望んでいると分かっていながら、彼を諦めたくない気持ち。

そんな未練がましい気持ちが、この薬を作っている間中、何度も自分の頭の中をグルグルと回っていた。

私の大それた恋心は、今、この箱の中の薬と一緒に閉じ込め、完全に蓋をした。

ここに嫁いで来たときは、お先真っ暗な気がしていたけれど、振り返ってみれば充実した半年だった。

すっかり気の抜けた私は、この屋敷で過ごした日々を、心へ静かに刻む。手違いの結婚も終わりを迎え、間もなくここを去る。残す時間も僅かだ。

乾燥中だった薬草も全部薬にした。みんなが使い慣れている薬は、兵士さんの宿舎に置いていけそうだ。

ギャビンさんは確か、この薬がないと遠征には行けないと言っていたはずだ。

まあ、それは大袈裟な話である。私の趣味で自作した薬よりも、医師や薬師から正規の薬を買えばいいだけなのに。社交辞令にもほどがある。

さてと。この部屋には、もう何も残っておらず、全てが片付いた。

すでに荷物もまとめ終えたことだし、後は、実家へ帰るだけ。

いよいよ、この屋敷の人たちとお別れで、もう、お姉様たちとのお茶会もできなくなってしまう。

実家へ戻れば、また独りきりに逆戻り。ここでの賑やかな生活を知った後では、寂しい限りだ。

忘れ物はないかと、今一度思い返してみれば、すっかり忘れていた。

お姉様たちが言っていた、カフェへ行きたかったのに、薬を作るのに忙しくて行けなかった。

ユリオス様からお出かけに誘われないかと期待したけれど、あれから機会はなく、……結局、行けず仕舞い。

いや。今からでも、まだ行ける気がする。ユリオス様に頼んでみようかなと思ったそのときだ。

従者たちが廊下をバタバタと騒がしく走っている音が聞こえてきた。おそらく、ユリオス様が帰ってくるのだろう。

ユリオス様の遠征の帰りを出迎えるのは、今日が最初で最後。私も従者たちに交ざって彼を出迎え、駄目元で頼んでみよう。

私の最後のお願いである、「カフェに行きたい」それくらい叶えてもらっても、いいはずだ。

エントランスに集まった大勢の従者たち。彼女たちが着ているお仕着せの方が、私よりよっぽど輝いて見える。さすがブランドン家の支給品だ。

なんて感心している場合ではない。失敗してしまった。

久しぶりにユリオス様とお会いするのに、作業服のまま来てしまった。せめてワンピースに着替えていれば良かったと悔やまれるが、それはカフェに行く約束を取り付けてからでも十分だろう。

重い扉を従者が開くと、その中央にユリオス様が立っている。彼の元気なお姿を拝見すると、すぐさま声をかけた。

「ユリオス様、お疲れさまでした――……」

だが、話しかけている途中で言葉を失った。

手違いの妻の立場も弁えず、浮かれ気分でカフェへ行きたいと願った自分が馬鹿だった。

優しいユリオス様は私に気遣ってくれたのだろう。満面の笑みを向けてくれた。でも、それを素直に喜べずにいる。なぜなら。

「マーガレットが遠征の帰りに出迎えをしてくれるのは、初めてだな。変わったことはなかったか」

「はい……特には。でも、どうしてリリーが一緒に……」

間抜けな質問が思わず口をついた。

「屋敷の門番と話しているリリーを見つけたから、連れてきた」

「お姉様、お久しぶりです。お元気そうですね」

できれば会いたくなかった妹が、にこにこと笑っている。

妹の着ている豪奢《ごうしゃ》なドレス。全面に緻密な刺繍が施されて、幾重にも重なったオーガンジーの生地が目を見張らせる。驚愕でハッと息をのむ。

どうやったらそんな素晴らしいドレスを着こなせるのか。自分の妹ながらに感心してしまう。

相変わらず綺麗な妹が来ると、私の地味さが更に目立つようだ。人目を惹き付けて魅了するリリー。

そして野暮ったいマーガレット。妹とは一緒には並びたくなかったのに。

「俺とマーガレットに会いに来たそうだ。悪いが俺は着替えてくるから、二人は応接間で話をしてい

てくれ。後から行く」

そう言うと、ユリオス様は走り去るように、いなくなってしまった。

そうなれば、姉としてリリーを放っておくこともできず、妹へ顔を向けた。


にっと笑ってリリーが口を開く。

「お姉様、案内してくれますか？」

「ええ、そうね」

「それにしても、お姉様ったら結婚して半年も経つのに、ちっとも変わっていなくって、少し驚きました」

「見た目なんて、半年くらいで変わるものじゃないでしょ」

「いいえ。結婚したら、もっと妻らしく威厳が備わるかと思ったけど、以前と変わらず子どもみたいで、可愛いままなんですもの」

「そっ、そうかしら。リリーも変わっていないわね」

ニヤリと見てくる上から目線に嫌気が差し、精一杯冷たく言った。

「ふふっ。お姉様のその様子だと、ブランドン辺境伯から少しも愛されなかったのね。見れば分かるわ、可哀想に。お姉様がそんな汚い格好をしているからじゃないですか」

「汚いって……。それは関係ないわよ」

「ふ～ん。じゃあ、その根暗な性格が嫌われたのね。相変わらず、どうしようもないわね」

「ちょっといい加減に——」

「あたしは、招かれて来たのよ。いいから早く部屋に案内してくれないかしら」

「分かったわよ」

招かれたと言ったリリーの言葉も嘘ではないのだろう。ユリオス様は平然とリリーを招き入れているのだ。リリーが今日来るのは以前から決まっていたのか。

どうやら手違いの妻も、待ったなしで終わりのようだ。


【ユリオス・ブランドン辺境伯視点】


門でリリーを見かけた瞬間、頭に血が上りかけた。また、ニールが適当な仕事をやらかしたと思ったからだ。

マーガレットとリリーには、着替えてくると適当に誤魔化し、急いでニールの元へ向かった。

「おいニール！　リリーが屋敷へ来たが、また、お前が勝手なことをしたんだろう？」

「はい？」

「俺の不在中に受け取った手紙を全て出せ！　マーガレットに話があるだけならともかく、俺に会うためなどと、ふざけたことを言っている。リリーの訪問をニールが許可したのかッ！」

「え？」

「あーッ、もうッ。いつも大目に見ていれば調子に乗って、どんどんエスカレートしやがって、いい加減にしてくれ！」

「ま、待ってください。誤解ですって。僕は何もしていないですよ。ヘンビット子爵家からは何の手紙も届いていません。ご不在中に特に変わったこともありません。こちらに置いた手紙が全てですから確認してください」

慌てて言い切ったニールから、何通も重ねられた手紙を渡された。

それを乱暴に取り上げると、ざっと差出人を確認した。

「ヘンビット子爵家からの手紙がない」

「だから言ったでしょう」

いつも勝手なことをしているニールが、とんでもない依頼を受けたのかと肝を冷やした。だが、俺の完全な思い違いだったようだ。

まあ、当然といえば当然だ。ヘンビット子爵家の当主は、リリーが俺との結婚を嫌がったと正直に伝えてきたのだ。今更ながら、俺がリリーとの結婚を望むわけがないと認識しているはずだ。

「……となれば、リリーはどうして……」

「勝手に訪ねてきたのでしょう」

「だとすれば、俺の身分を舐めているだろう」

事前の約束も取らずに、我が家へやって来るなど非常識もいいところだ。

その辺の貴族たちと担う役儀が全く違うブランドン辺境伯の立場は、この国でそう気安く関われる家ではない。それも分からんとは、全くもって呆れるな。

ニールが勝手に招待したと思い込んでいたため、マーガレットとリリーを二人にしてきたが、大丈夫だろうか？

マーガレットが、リリーから何か変なことを言われている気がしてならない。

リリーの企みが分からない以上、二人の元へ急いで戻るべきだな。


【マーガレット視点】


本邸の応接間。この屋敷の中でも一番高価な調度品が並べられている。

ユリオス様はその場所へリリーを誘《いざな》うように言った。それは、丁重に扱うべき重要な人物ということだ。

応接間は自分で使うことはない。手違いの妻が接待を必要とする人物など存在しないから。

だが、メイドたちの指導のおかげで、この屋敷の間取は熟知している。

誇らしげに言ったが、女主人としてではなく、ユリオス様から逃げるために受けた指導のためであり、少しの自慢にもならないやつだ。

それでも、リリーを案内するのは何ら問題はない。

二人で廊下を歩く最中、目を丸くしたリリーは、落ち着かない様子で首を左右に動かしている。そうかと思えば、豪華なシャンデリアを、口に手を当て見上げていた。

「凄いシャンデリアね」

「そうね」

「いくらするのかしら？」

「またすぐにお金の話をするんだから」

「別にいいじゃない。噂には聞いていたけど本当に大豪邸なのね。お城で暮らす王妃の気分だわ」

「あっ、そう」

私も、初めて足を踏み入れたときは圧倒された記憶があるから、リリーの気持ちは確かに分かる。

だが、貧乏子爵家丸出しの反応は、大概にして欲しいものだ。

リリーを連れて応接間に入ると、相変わらず豪華絢爛《けんらん》な調度品が目に飛び込んでくる。

部屋の隅にある石像の美しさは言うまでもないが、この部屋に敷かれた絨毯《じゅうたん》も、おそらく、相当に高価な代物だと思っている。

一見するだけで、毛足の良さが、見てとれる。


この部屋を見回すのに忙しいリリーは、全く私にはお構いなしだ。

「ちょっといいかしら、リリー」

「何かしら？　まさかお姉様が、あたしに話があるとは思わなかったけど」

私に背中を向けたまま返答するリリーは、輝く宝石が埋め込まれた花瓶に目を奪われている。

私を姉とも思わない妹の挑発的な口調は、以前と全く変わらない。

だからといって、私も怯むわけにもいかない。そのまま話を続けた。

いでしょう」

「どうしてあなたから、ブランドン辺境伯との結婚を断ったのよ。子爵家が拒んでいいお相手ではないでしょう」

「あたしにだって事情があったのよ、知りたい？」

ようやく私を見たかと思えば、リリーは自慢げにニヤリと笑った。

――また始まった。

私が質問をしたのに、どうして「知りたい」と切り返すのだろう。こうやっていつも、話の主導権をリリーが握る。

「話したいならどうぞ」

「それじゃぁ聞かせてあげるわ。お姉様だって知っているでしょう、ファレル公爵家の次期当主」

「もちろんよ。会話したことはないけど、よく見かけていたわ」

「ふふっ。鈍いお姉様でも知っていて良かったわ。だけど、ユリオス様のことは、何も知らなかったみたいじゃない」

「ユリオス様のことはそうだったけど……。ファレル公爵家のご令息は、高位貴族の令嬢たちに、いつも取り囲まれているから、凄く目立っていたでしょう」

「あたしね。その彼といい関係だったのよ。毎週、公爵家の屋敷へ招かれていたんだから」

「ええ!?　冗談でしょう？」

思わず聞き返した。

リリーが嬉しそうに話す人物は、社交界で一番人気のあった、高嶺の花の貴公子様だ。

社交界でのリリーの人気は知っていたけど、まさか、なんの力もない下位貴族が、社交界の上位にいる次期当主を狙うとは……さすがの一言である。

あれ？　……待って。

あの貴公子様とリリーが結婚してくれるなら、もしかして、ユリオス様とは結婚しない。それなら私がユリオス様の妻になれる可能性が出てきた！

……どうしよう。嬉しくて私、すでに泣きそうだ。

「それなら、悠長にここへ来ている場合じゃないでしょう。何しに来たの？　早く帰った方がいいわよ」

「聞いてくれるお姉様ッ！　もう少しで婚約がまとまるってときに、第三王女様が割り込んできたのよ！　信じられないでしょ。彼と並んでも恥ずかしくないように、高級品を揃えまくったのに、全部がパァよ」

王族の横やりが入ったのであれば、何をしても叶うはずはない。

ということは……なんてことはない。今のリリーに婚約者はいない。

そういうことかと納得すれば、ちょっと前に舞い上がった感情は、瞬時に掻き消えた。

わざわざ我が家の暮らしに見合わない背伸びをして、その結果がこれか……。

「あれ？」

「何よ！」

「そのお金は、どこにあったのよ。うちに余裕なんてないでしょう」

今、リリーが着ているドレスも明らかに高価な品だ。

「それは、あたしと結婚する予定だった、彼が出してくれたのよ」

「……そう。それは残念だったわね。だからってリリーの代わりに、どうして私をユリオス様と結婚させたのよ」

「あー、それねぇ。本当ッ、お姉様なんかには、もったいないお相手よね。好条件な結婚。あたしだってお姉様にだけには譲りたくなかったわ。それなのに、あたしが冗談で『お姉様に嫁がせたら』って言ったら、その気になったお父様が動いたのよ」

「お父様が!?」

酷い。いくら私がお父様好みの娘ではないからって、屋敷を追い出すなんて。全然気づいていなかった。

「『ここの当主だったらお姉様を任せられる』って。まあ、草刈りに夢中になっている我が家の厄介者を、さっさと追い出したかったんでしょう」

「……そんな、酷い。お父様が私を騙したの？」

「そうよ。珍しく、お父様が策略を練ったんでしょう。私は公爵夫人に収まって、うまくいけばお姉様は辺境伯夫人になるのを見込んでいたのよ。お姉様なんかにブランドン辺境伯を落とすなんて、無理に決まっていたのにね」

「嘘よ！」

「お父様ってば、何としてもお姉様に家にいて欲しくないのよ。どこに行っても、誰からも嫌われて可哀想ね。ふふっ」

「ここでは嫌われていないもの……」

「ふふっ、それならどうして愛されなかったのかしら？　鈍いお姉様が嫌われていることに気づいていないだけでしょう」

「もういいわ。で、どうして今日はここへ来たのよ」

「ブランドン辺境伯からの手紙を読んだお父様が、『何も分からん馬鹿者が』って、言っていたわよ。お姉様のことでしょう」

「……っ」

「どうせ妻として受け入れてもらえなかったんでしょう。だからあたしが来たの。まぁね、初めっから、お姉様には無理だったのよ。豪華な屋敷で優雅な暮らしは、そもそも向いてないもの。ここでも従者より汚い格好をして。妹のあたしが恥ずかしいわ」

「リリーが今日、ユリオス様の元へ来たのは、やっぱり……」

「そうよ！　お姉様に代わって、あたしがブランドン辺境伯の妻になるためよ。こんなことになるなら、半年前に断らなきゃ良かったわ。でもまだ、ブランドン辺境伯はあたしと結婚する気があるようだから、ここへ来たのよ。（ふふっ。だって、お姉様が嫁いで来たことを酷く怒っていたのに、未だにあたしのために払った結婚支度金を返して欲しいって言ってこないんだもの）」

自信に満ち溢れたリリーの言葉に、今更ながら、酷くショックを受けている。

もちろん、そんなことは承知のうえで、私は実家に帰る支度をしていた。

――だけど、ユリオス様がリリーを見て、幸せそうに笑う姿は辛すぎて見ていられそうもない。

これ以上惨めな思いをするくらいなら……。端《はな》からお呼びではない私は、ユリオス様と顔を合わせる前に消え去りたい。


「リリー。ユリオス様のために作った薬を今から取ってくるわ。待っていてちょうだい。すでに荷物もまとめているし、リリーに薬の使い方を説明して、あなたの乗ってきた馬車で、私は実家に帰るから」

「やだぁ。ここでも、やっていたんだ！　子爵家の従者たちが、お姉様がいなくなって喜んでいたわよ。毎日毎日、草を採りに行くのに振り回されないで済むってね。実家へ戻ったら、ほどほどにしてね」

「分かったわよ」

「あっ、でも、お姉様は実家では暮らせないわ。お姉様は、ウエラス伯爵と縁談が決まったから、実家へ帰るよりも、真っすぐそっちへ行った方が近いわよ」

「えっ？」

扉へ向かって歩いていた私の足は、予期せぬ話に動きが止まった。

私の縁談？　どういうことだ？　まさかそれを、父はすでに受けたというのか？

私が帰ってくるのがよっぽど迷惑なのか……。

それに、結婚相手であるウエラス伯爵って、どなた？　聞いたことが、あるような、ないような。

夜会で会ったことが、あるような、ないような。

駄目だ。考えるだけ無駄だ。いつも適当に相槌《あいづち》を打つだけの私が、挨拶程度の方をちゃんと覚えているわけがない。

思い出せそうにない人物を考えるより、ここから一刻も早く立ち去る方が先だろう。


【ユリオス・ブランドン辺境伯視点】


マーガレットに着替えてくると告げた手前、軍服姿でそのまま戻るわけにもいかず、取り急ぎ自分の部屋へ立ち寄り、時間を無駄に使った。

迂闊《うかつ》なところのあるマーガレットだ。そんな彼女と、訪問理由の掴めないリリーを二人だけで放っておくのが心配で、僅かな時間も惜しくてたまらない。

とりあえず適当なシャツに着替えた俺は、大急ぎで階段を駆け下り、応接間の扉を開けた。

「マーガレット、待たせて悪い……」

「キャッ」

令嬢の悲鳴が小さく上がった。

マーガレットの姿を期待したが、その人物はいない。

ソファーに一人で腰かけるリリーが驚いた表情を浮かべ、こちらを見た。

だが、それ以外の人影は見当たらない。マーガレットがこの部屋にいないのは、一目瞭然。……なんだか嫌な予感がする。

「マーガレットはどこへ行った？　もう、話が終わったというわけではないだろう」

するとリリーは、悲愴な顔を見せると、言葉に詰まりながら口を開く。

「姉とは、まだ話の途中でしたが……。姉の縁談の話を伝えると、席を外すと言って、いなくなってしまいました」

「マーガレットに縁談？　聞き捨てならない話だな」

「まあ、そうですね。ですが姉宛てに、ウエラス伯爵との縁談が届き、それをお父様がお受けになってしまった、とお伝えしたのです」

「……ウエラス伯爵」

その名前に、俺のこめかみがピクリと動く。

この国で古くから続く家柄で、社交界では相当に顔の利く重鎮《じゅうちん》だ。

影響力の大きいウエラス伯爵からの申し出であれば、ヘンビット子爵家では断れない。そんなところだろう。

だが、未婚の息子はいるものの、その息子へ爵位を引き継いだとは聞いていない。それとも、俺の知らない間に当主交代があったのか？

――それにしても話が腑に落ちない。

マーガレットの父親はその分別がありながら、なぜ俺からの申し出には何も言わずにマーガレットを送ってきたんだ？

マーガレットのことを考え込んでいると、瞳を潤ませるリリーが俺に近づいて来た。

甘えた顔を見せるリリーの心境は、俺にはさっぱり意味が分からない。だが、彼女は気にする様子もなく話を続ける。

「あの家はまだ息子に爵位を引き継いでいないだろう。ウエラス伯爵の当主はまだ父親のはずだ」

「はい。ご子息の方ではなくて、ウエラス伯爵ご自身の縁談です。奥様が亡くなってから、まだ一か月足らずですが、すでに後妻を希望されているようでして。我が家の父がウエラス伯爵に大きな恩があるために、どうしても断れなくて……」

なるほどなと思う俺は、不可解なリリーの反応の真意をやっと理解した。

「それは酷い縁談だな」

「……そうなんです」

ウエラス伯爵は、相当に悪評高い男だ。

女狂い。屋敷へ女性を連れ込んでは酷いことをしていると、年に一度しか社交界へ顔を出さない俺でさえ聞いた覚えがある。

若い後妻を欲しがるとは……。どれだけ好き者なんだ。

ヘンビット子爵家が、ウエラス伯爵家との姻戚が必要だとしても、マーガレットは駄目だ。

彼女には好きな男がいる。

マーガレットが好きになった男が、カイルだから俺が身を引くのであって、他の男に渡す気はさらさらない。

それにしても、なんだって婚姻中のマーガレットに縁談話がまとまるのか、と考える。

……もしかして俺のせいか？

マーガレットが嫁いできた当初。『マーガレットとは半年後に離婚する』と書いた手紙を子爵家へ送った。

その後、内容を覆す手紙を俺が送らなかったから、子爵家の当主が、すでに政略結婚を引き受けたと言うのか？

いや。まあ、心配には及ばない。俺と別れなければ、マーガレットは誰とも結婚ができないのは変わらない。

ふん。ヘンビット子爵家の令嬢を望むなら、リリーがいる。それで十分解決する話だ。

「マーガレットは部屋へ戻ったのか？」

「いえ。外の空気を吸ってくると、出ていったきりですが」

「……分かった。一つ確認するが、俺はリリーへ結婚の申し出をしたが、なぜかマーガレットがやって来た。リリーには恋人や婚約者がいたのか？」

そう尋ねると、リリーはしゅんと小さくなり、俺を見つめた。

「あのときは申し訳ありませんでした。父が別の縁談を願っていたのですが、結局のところ、まとまらなかったみたいです……。ですが今は、そういった話は特にありません」

「そうか。それは良かった」

リリーの返答に嬉しくなった俺は、笑顔だけ返しておいた。

ウエラス伯爵の相手はリリーで十分だろう。何の問題もない。


――どうやら俺は、女性を見る目があまりにもなかったらしい。白々しい嘘ばかりつくリリーのどこが良かったのか。今となってはよく分からない。

俺の元へ、マーガレットが来てくれて本当に助かった。

結果として、マーガレットをカイルへ託すことになったが、それでもリリーを妻にすることは避けられたんだからな。ついている。

「とにかく関係を整理する必要があるだろう。俺はマーガレットを捜してくるから、リリーはここで待っていてくれ」

「承知いたしました」

そう言ったリリーが、うっすらと微笑みを浮かべたため、俺の想像は確信に変わった。


【リリー視点】

「あたしに婚約者はいない」と伝えると、ブランドン辺境伯が必死に笑いを堪えていた。随分と嬉しそうに。よほどあたしを気に入ってくれていたのだろう。その彼が部屋を出ていった。

「ちょっとやだぁ〜」

ブランドン辺境伯ってば単純すぎるわ。相変わらず、何でも簡単に信じちゃうのね。

「ふふっ」

そんなに慌てて姉を捜しに行っても、外へ向かったのでは見つかりっこないわよ。

いくら間抜けな姉でも、もう少しでここへ戻ってくるはずだ。

彼が怖い顔で入ってきたから驚いたけど、ちょろいわね。

「あー、失敗したわ。やっぱり、初めからブランドン辺境伯を選んでいたら良かった」

公爵家の方が爵位が高かったから、あっちの方が良く見えたけど、屋敷も調度品の豪華さも全部が全部、ブランドン辺境伯の方が凄いじゃない。

大きく感じた公爵家のお屋敷でさえ、こっちを見た後では小さく感じてしまうもの。


取り柄のない姉の癖に、あたしのおかげで半年もいい暮らしができていたのだ。感謝して欲しいくらいだ。

それに、騙された姉が真っすぐウエラス伯爵のお屋敷へ行ってくれれば、あたしとウエラス家の婚約も白紙になる。

そもそも我が家に縁談を持ちかけられたのは、ボケッと適当な返事をしていた姉のせいなんだから。

「自分で責任を取るべきよ」

と呟き、ソファーにパフッと腰かけた。あたしは、あんな変態なんて絶対に嫌だから。

「それにしてもお姉様ってば遅いわね。ブランドン辺境伯が戻ってくる前に、薬を受け取りたいんだから、さっさとしてよね。相変わらずグズね」

嬉しくて独りごちる。

【マーガレット視点】

別棟の使用人部屋を去るべく、扉のノブに手をかけると、ふと思い出す。

この場所に突然、遠征帰りのユリオス様が百面相をしながら、押しかけて来たんだ。

「ふふっ」

思わず噴き出した。今、思い返しても笑えてくるけど、凄く幸せな時間だった。

……結局。ユリオス様がどうしてそんな心境になったのか、理由は聞けず仕舞い。

私は、ぐるりと体の向きを変えると、慣れ親しんだ空間に向き合う。

「お世話になりました」

小さな声で呟きお辞儀をすると、想い出の詰まった部屋を後にした。

荷物を抱えて従者棟の外に出れば、眩しいくらいの太陽の光を感じた。

その強い光に目が開けていられなくなり、思わず目を細めてしまう。

私が初めてここへ来たときも、こんな晴れた日だった。唯一違うのは、嫁入り道具がなくなり荷物が軽くなったことくらい。

このお屋敷での生活は、旦那様とのかくれんぼと鬼ごっこばかりで、夢に見たお嫁さんにはほど遠かったが、私の人生で初めてといえる、充実した日々を送れた。

「スリル満点だったけど……楽しくて最高の時間だった」

間違いなく。

そんな風に振り返っていると、突如として背後から、がなり立てる声が聞こえた。

「おいッ、マーガレット。荷物を持ってどこへ行くつもりだッ！」

その怒気の強さに既視感を覚える私は、恐怖におののいてしまい、肩をビクッとさせ、無言の返事をした。

出会った日のニールさんも、今の私のような感情だったのだろう。

今日のこの瞬間まで、ニールさんを「オロオロの彼」と呼んでいたのを反省した。

背後から感じる殺気。私が何を言っても裏目に出た、結婚初日と同じ顔のユリオス様がいるはずだ。

半年間もお世話になったくせに、お礼も言わず立ち去ろうとしているのが、完全にバレているではないか。……これはまずい。


ご自分の部屋で着替えをされていたはずのユリオス様と、なぜ、外で出くわすのか？

たまたま外に出た彼に遭遇するという、己の間の悪さに白目を剥きそうだ。

「まさかとは思うが、馬鹿なことを考えているんじゃないだろうな！」

再び怒号が飛ぶ。

ひえぇぇーー。悠長に感傷なんかに浸っている場合ではなかった。

これはもう、身に染みた条件反射である。ユリオス様のお腰の剣を確認しようとした私は振り返る。

だが、何も目に飛び込んでこないと言うことは、セーフだ。やったぁ、セーフだわと思う私は存分に御託《ごたく》を並べることにした。

「ちっ、違います。じっ、実家で諸事情がありまして、今すぐ帰ろうと思った次第でして。いや、何も逃げようと、そんな恩知らずなことは考えていないですよ。ちゃんとユリオス様へ、お伝えしてからと思っていましたから」

それを聞き終えたユリオス様は、大袈裟なほど顔を引きつらせている。

「少しはリリーを見習ったらどうだ？　マーガレットを見ていると、リリーと姉妹だというのが信じられないな。ほら、その鞄を貸せ。俺が持ってやる。そもそもマーガレットがいるべき場所は、ここじゃないんだ。丁度いいから戻るぞ」

片手に持っていた鞄を、強引なユリオス様に奪い取られてしまう。

私だって、リリーのようになりたいけど、どうやってもなれないから悩んでいるのに……。


「リリーと――」

そこまで言いかけたところで、ユリオス様に話を止められた。

「とりあえず話は後だ。リリーが待っているから早く急げ」

「……！」

「――？　何を突っ立っている。ほらッ、ボケッとしていないで歩け。日が暮れてしまえば令嬢が乗っている馬車など、狙ってくれと言っているようなものだ。まあ、そうなれば、うちの兵士を護衛に付けてでも出ていってもらうけどな」

そう言って、私の手をグイグイと引っ張り、ユリオス様は猛烈なスピードで歩き始めた。

「ぅうわっ。待ってユリオス様！　分かっています。帰ります、帰ります」

「マーガレットの手を離したら、どこに行くか、分からんからな」

私は手を引かれなくても、大急ぎで帰れます。

お宅様の歩くスピードで手を引かれたら、むしろ転ぶッ。転んじゃいますから！

――私はそんなに速く歩けないから、お願いだから手を離してと内心絶叫する。

遠征帰りのユリオス様が、いつも奇行に走るのは、どういうことだろうか。

嵐になるのが分かっていても出かけたいと言い出したり、人の話も聞かずに引きずり回したり。

戦場から戻った殿方は興奮していると聞くが、それなのかと途方に暮れる。

【リリー視点】

廊下から姉の声が聞こえる。姉から薬を受け取り早々に追い払おうと、すくっと立ち上がる。それと同時に扉が開いた。

「お姉様、戻ってきたのね」

と声をかけたが、姉は独りではなかった。あろうことか、ブランドン辺境伯と一緒だ。

――ちょっと、どうして外へ行ったはずのブランドン辺境伯と一緒に来るのよ。

相変わらず空気が読めない、どんくさい動きをしている。ムッとして蔑《さげす》む視線を向けた。

そんな調子でいるから、いつもあたしの癪《しゃく》に障るのだ。

姉が片手に持つ陶器の箱。アレが話していた薬だろう。こうなった以上、あたしが作ったと言うのは無理があるが、とりあえず、受け取っておこう。

用無しの姉は、ブランドン辺境伯に持たせている鞄を受け取り、早く帰ってちょうだい。その腑抜け顔は目障りだ。


ここが王都から離れていることだけ目をつぶれば、何の不自由もない。辺境伯はちょろいし、問題はないのだから。

「どうしたのかしらお姉様？　さっき仰っていたお薬は、それですか？」

ほらッ！　困った顔をしていないで、早く渡してよと手を出すと、大きな声が響いた。

「マーガレット！　それはリリーへ渡すものなのか？　そうじゃないなら間違って渡すなよ。部屋から荷物を持ってきたということは、すでにリリーとの話は終わっているんだろう。それならもう用事はないはずだ」

「そうですけど、これは……」

「マーガレットとの話は後でする。とりあえずリリーの件だ。この屋敷には客をもてなす部屋はいくらでもあるが、前ぶれもなくやって来る、非常識なやつに貸す気はないからな」

一喝された。その反応に全ての計算が狂った。

姉に何かを入れ知恵されたのかと、腹立たしい感情が湧くものの、必死に取り繕うためスローテンポで話す。

「それはどういう意味ですか？　さきほどは、あたしへ結婚を申し込んだ話をされていたではありませんか。我が家はブランドン辺境伯との結婚で支度金を受け取って、お返しする当てもないのに、お姉様ではお役に立てなかったのですよね」

「そうだな。俺はお前に結婚を申し込んだときに、相当な結婚支度金を送ったきりだ。ヘンビット子爵家からは、返金の素振りもないが、返金は必要ない。その金は、マーガレットの幸せのために俺がくれてやったものだ。そうと分かったら、こいつに不要な縁談なんか持ってくるな！　お前の父親へ伝えておけ。生憎《あいにく》、マーガレットは俺の妻のくせに、次々と男どもが寄ってくるくらいだ。女狂いの男の後妻にする気はない」

「でも、父はすでに我が家とウエラス伯爵との縁談を決めていて」

「さっき、言っていただろう、自分には婚約者はいないとな。ならばお前が嫁げばいいだけだ！　初めからその予定なんじゃないのか？」

「いいえ、違います」

「そうだとしても、マーガレットは売約済みだ。この話はヘンビット家の当主へ、正式に手紙で伝えておく。そうと分かったら、これ以上俺を不愉快にさせる前に、さっさと帰れ」

「どうしてですか？　お姉様はこの屋敷を出ていくつもりでしたのよ」

「つべこべ言おうが、マーガレットは俺の妻だ。俺はお前を泊める気はない。居座る気なら軍の牢へ連行する」

「それだけは、おやめください」

とは言ったものの、引きたくない。このお屋敷の優雅な暮らし。元々はあたしに届いた縁談なのに。どうしてあたしが追い出されるのか、納得がいかない！

それなのに、意味の分からない薬ばかり作って、お父様を困らせていた姉が、どうしてブランドン辺境伯に庇われているのだ。

姉に目を向けると、ぽかんと固まっている。

何よその顔は。相変わらず呆《ほう》けた間抜け面で、あたしを馬鹿にして。我が家の嫌われ者のくせに、ただじゃおかないから。

第8章　正式な夫婦になりました!?

【マーガレット視点】

「……リリー、あなた、約束も取りつけずに勝手にここへ来たの……？　……なんて失礼なことを、していのよ……」

妹の無礼極まりない行動が恐ろしくなった私は、力のない言葉をかけるのが精一杯だった。

ヘンビット子爵家の信用はそもそも地に落ちていた。

にもかかわらず、力のない子爵家の人間が、事前の承諾もなしに屋敷を訪ねるなど言語道断だ。

リリーの我が儘ぶりに愕然とした私は、表情さえも失った。

青ざめる私をよそに、いら立ちが見えるユリオス様が、すたすたと動き扉を開く。

すると、廊下で控えていたメイドのお姉様たちが、すぐさま突入してきた。

私がユリオス様に引きずられて戻ってきたときには、すでに、腕まくりをした三人が待ち構えていたのだ。おそらく、ユリオス様が根回ししていたのだろう。

お姉様たちが入ってきた直後、妹の叫び声が響く。

「ちょっとやだ、痛いわね。あたしに触らないでよ！　お姉様も呑気な顔をしてないで、この無礼な従者たちに何か言ってよ！」

「無礼って誰のことかしら？　私たちのマーガレット様のことをエントランスで馬鹿にしていたのは、きちんと聞こえていたのよ」

「ここにいても、あなたへの食事は出てくる予定はございませんでしたから、お帰りが早く決まって良かったですね」

「ほらッ。マーガレット様の邪魔になるから、さっさと動きなさい！」

メイドたちが次々と、リリーに対してまくし立てた。

「何よ。本当のことを言っただけでしょ。なんなのよ従者の分際で」

「私たちは、マーガレット様の味方ですわ」

「ふんっ、腹が立つわねぇ。お姉様っ、あたし今回のことは絶対に許さないから！」

嵐のようにやって来たリリーは、メイドのお姉様三人によって、言葉どおり、引きずられてこの部屋から姿を消した。怒鳴り散らす声が消えた途端、張り詰めた空気が余計に際立った。


そんな静まり返った応接間に、ちょこんと取り残され、どうしたら良いのだろうと困惑した。

立場のない私が、恐る恐る横にいるユリオス様を見上げると、相変わらず鬼の形相である。

リリーが帰ったとしても、未だにユリオス様の顔が緩む気配はない。

身勝手なリリーは全てをめちゃくちゃにして、この場から逃げられたけど、私はここに取り残されているのだ。全くもって、どうしてくれるのかと泣けてきた。

――もう、どうして、そうなの……。

私が何かをする前に、いつだってリリーが壊していく。

ユリオス様へのお礼も、お別れも、笑顔で告げたかったのに……こんなことって――。

「ユリオス様、妹が迷惑をかけて申し訳あり……」

私が話し始めると、またしても話は途中で遮られてしまった。

「いや。初めから分かっていれば門で追い返していたのに、俺が勘違いをして招き入れたのが悪かったんだ、気にするな」

「……そうでしょうか。でも、ユリオス様が我が家へお金を送っていたことを、今日まで知らずに過ごしてしまい申し訳ありません。私なんかが嫁いで来たのに、父はお返ししていないなんて、どうしたらいいのか」

「それはマーガレットの気にすることではない。むしろ、マーガレットが来てくれて、本当に助かったんだ」

「助かったなんて。……でも、怒っていますよね」

「当たり前だ。俺に黙ってこの屋敷を去ろうとしていただろう！　まさか、リリーに騙されて、ウエラス伯爵のところに自分から行こうとしていたんじゃないのか？」

痛いところを突かれてしまい、ドキリとすると同時に深い罪悪感に襲われた。

「もっ、申し訳ありません。ユリオス様にお礼もせずに勝手に出ていこうとして」

「俺のことはいいが、カイルへの薬をリリーへ渡してどうする気だ！」

「へ？」

「カイルを好きなのに、騙されて諦めるな」

「この薬はカイルのためじゃないですよ」

「ん？　それは違う薬なのか？」

「違う？　えっと、これはユリオス様にお渡ししようとしていたんですけど」

「はッ？　俺のため？」

何を言っているのか分からないと言いたげに、ユリオス様は目をパチクリさせた。

「二人で山茸をたくさん採ってきたじゃないですか。忘れましたか？」

「山茸って……」

「お世話になったお礼と、これからもお体を大切にして頑張っていただきたくて用意したんです。冴えない私は薬を作ることしか取り柄がないので」

「待て、待て。……俺の薬って、どういうことだ？　嘘だろう」

そうだった。山茸を採りに行ったときに、効能の説明を根こそぎ割愛したままだった。彼をじっと見つめる。

「ユリオス様は左肩の動きがいまいちですよね。毎日塗っていれば、使い切る頃には良くなるはずです」

だが、それを言い終える前から、見る見るうちにユリオス様の顔が真っ赤になり、口元があわあわと動いている。

……またしても、やってしまった。

デリケートな左肩のことを指摘する真似をして、ますます怒らせたようだ。


【ユリオス・ブランドン辺境伯視点】


「おっ……俺の肩のため。この薬は、マーガレットの好きな人に作ったんだよな」

「そうですけど」

「ってことは、マーガレットの好きなやつって俺なのか……？」

まさか。もう諦めていたのに、こんな夢のような話があるのか？

まずい、感情が崩壊してすでに泣きそうだ。もしかしてマーガレットの好きな男って……俺か？

俺の勘違いじゃないよな？

「そうですけど」

言ったぞぉぉぉぉ——。間違いない。マーガレットの好きなやつは、俺だッ。

「あっ、ですが、ユリオス様が私の気持ちなんて、気に留めなくても大丈夫です。自分の身の程はわきまえていますから」

「待てッ。早まるなッ。たっ、頼むから話を聞いてくれッ」

マーガレットの気持ちを知り、激しく動揺する俺をよそに、俺を好きだと告げたマーガレット本人は、この話を早々に終える気でいる。

「そっ、そんなに慌てなくても、ちゃんと分かっていますよ。半年だけの手違いの妻だと忘れていませんし、ユリオス様の左肩のことは誰にも言いません。……私、余計なことをしたみたいで、申し訳ありませんでした」

……どうしてこうなる⁉

俺はまだ、何も言っていないにもかかわらず、マーガレットが酷く青ざめている。

落ち着け俺。慌てるな！　静まれ俺の心臓。これではマーガレットに聞こえる。

こと恋愛に不慣れな俺が突っ走って、うまくいった例《ためし》がない。今度こそ慎重にいくんだ。

平静を装い言葉を選ぶ。

「いや。ちっ、違うから。マーガレットは手違いの妻ではない」

「そうですね。半年経ちましたから私たちは……他人です。……わっ私、速やかに立ち去ります。ユリオス様、そんなに怒らないでください。今晩の行く当てならあります」

他人だと言い張り俺から後ずさるマーガレットに、行く当てがあるだとッ！　まさかカイルのところではあるまいなと考え、頭が混乱する。

「まだ他人じゃないだろう、聞き捨てならないな。勝手にどこへ行くつもりだ」

「しょ、書類ですね。ご安心ください。ここに来てすぐに、ニールさんから受け取った離婚届けは、ユリオス様がお持ちの鞄に入っています。名前も書きました」

「いや、俺は署名していない。まだ、夫婦だ」

「ユ、ユリオス様は、後ほどごゆるりと、お一人で署名してくださいまし。お部屋に剣を、いえ、ペンを取りに行かなくても問題はありません。今すぐに、私はベンさんのところへ消え去りますから。では、その鞄ごと置いて行きます」

ニールのやつ……。勝手に、離婚届けを渡していたのか。あいつが絡むと碌なことがない。

それに、どうして叔父上まで出てくるんだ⁉

あー、分からん、分からん、分からん。俺にこんな高度な恋愛の駆け引きが、理解できるかッ！

こうなったら回りくどいのは、やめだ。


「俺が鈍すぎて、マーガレットの気持ちに気づかなくて申し訳なかった」

「ですから気にしないでください。私、ユリオス様の気持ちは分かっています。私のことを『嫁になんかできるか』って、叫んでいたのを聞きましたから。ははっ」

笑いながら話すマーガレットは、扉をチラチラと見始めた。

俺が兵士の宿舎の前で叫んだ失言を、マーガレットに聞かれたのは知っていた。だが、俺の言い訳を、今更聞かせる必要もないと思い、否定しなかっただけだ……。

駄目だ。誰にも渡したくない程、愛しいマーガレットを、もう逃す気はない。

「あれは、マーガレットへ言ったわけではない。寄ってたかってマーガレットを狙う兵士のやつらへ向けた言葉だ。カイルだって、マーガレットに好意を寄せていただろう」

「あぁー、カイルですか。確かに会うたびに誉めそやしてきますね」

「やはりか……」

「ん～、でも、好青年が私のような者に本気で『好きです』と言うわけありません。社交辞令なんて日常茶飯事ですよ。いちいち真に受けていたら身が持ちませんから、いつも聞き流していますけど、カイルがどうかしたんですか？」

首を傾げるマーガレットは、まるで分かっていないようだ。

……信じられない。

マーガレットは相当に鈍感だ。あれだけの兵士たちがマーガレットを狙っていたのに、どうして気づかないんだ⁉

いいや、まずは落ち着け、俺。

カイルのことはそれでいい。余計な否定をしてマーガレットにカイルの気持ちを知らせる必要はない。マーガレットにカイルを意識させるな。このまま社交辞令にしておけ。

だが、俺の話はマーガレットに伝わってくれ。

このままでは、俺の告白も社交辞令にされるだろう。


「カイルのことは気にするな。だがマーガレット、よーく聞いてくれ」

「はい。聞きますので剣は取りに行かないでください」

「好きなんだ」

「何をですか？」

「マーガレットのことが好きなんだ」

「私を？」

「ああそうだ。他の男どもに妻を取られると思えば、道で叫び出しそうなほど好きだ。幸運にもマーガレットを妻にしたのに、俺が一方的に傷つけたことを、ずっと後悔している。これぐらい俺の気持ちを言えば、マーガレットには俺の気持ちが伝わったか？　足りなければもっと言えるが」

「好きって……」

耳まで赤くなったマーガレットの様子からすると、なんとか分かってくれたのだろう。それでも自信がない俺は、言葉を付け足す。

「好きというのは――」

「もう！　私をどんな鈍感な人間だと思っているんですか？　さすがに、そこまで言われれば分かりますよ。でも、ユリオス様が私を好きだなんて初めて知りました」

にこっと微笑むマーガレットは、しれっと言った。

だからそれだッ！　俺は、相当態度で示していただろう。

「マーガレットと初めて会った日に、俺が伝えたことを撤回させて欲しい。俺と結婚して欲し……、あー、もう結婚しているのか」

馬鹿か俺は。マーガレットへの大事なプロポーズをなぜ、間違えた。

コホンと咳払いをして気を取り直し、真剣な顔で、マーガレットの茶色い瞳を覗き込む。

「マーガレットを心から愛してる。この先も一生、俺の妻でいて欲しい、頼む」

「ユリオス様からそんなことを言われるとは、夢にも思っていなかったから、今、頭が大混乱しています。でも、私、ずっとここにいていいんですか？」

「マーガレットの家だ、当たり前だろう」

「どうしよう、凄く嬉しいです」

嬉しそうに笑うマーガレットを目にした途端。込み上げる愛おしさに堪え切れなくなり、俺の胸に彼女を抱き寄せた。

彼女の滑らかな髪が、俺の手に触れ心地良さを与えてくれる。

油断してしまえば、いつでも泣ける。焦がれ続けた愛くるしくて無邪気な妻が、今、俺の腕の中にいる。愛おしくてたまらない。

少し前までの俺は、こんな嬉しい誤算が待っているとは思ってもいなかった。


マーガレットが、この屋敷へ嫁いで半年。

俺が話を聞かなかったせいで遅くなったが、やっとマーガレットを俺の妻の部屋へ招けるのだ。随分と遠回りをしてしまった。

「さあ部屋へ行こう」

「あっ、私の鞄を持たせたままにして、すみません。それを持って、私は部屋へ戻ります」

「戻る？　どこへ戻る気だ。マーガレットのための部屋へ入ったことはないだろう。放っておけば、

どこへ行くか分からないからな。このまま運んでやる」

するると、彼女は怪訝な顔で見つめてきた。

「あの～、以前も同じようなことがあったので一応確認しますけど、どちらにそれを運ぶ気ですか？」

「馬鹿、俺の妻の部屋しかないだろう」

「ええッ。ユリオス様の部屋の隣ですか？　それだと夜にメイドたちが遊びに来られないですよ」

「当たり前だ！　夜にメイドたちを部屋へ招くのも、遊びにいくのも禁止だ」

「そんな。暇になっちゃいますよ～」

おいおいおい、どうなっている？

夜に俺じゃないやつらと過ごしたがっているが、マーガレットの中で、俺は夫でいいんだよな……。

そう思ってマーガレットの顔を覗き込むと、幸せそうな顔で俺に笑い返してくれた。よし、今度こそ大丈夫だ。

となれば、差し迫る今後の予定に考えを巡らす。

年に一度の国王との謁見。俺が王都に顔を出す時期か。

数日後にここを発つ予定だったが、マーガレットと一緒となれば、少し予定を変えるべきだろう。

馬車で向かうのであれば、すぐにでも出発しなければ間に合わないな。

【マーガレット視点】

相当に信用のならない私は、ユリオス様に連行されるように部屋に向かっている。

「ユリオス様。私だって手を引かれなくても、ちゃんとついて行きますよ」

「分かっているが、マーガレットは俺の妻だと、屋敷の人間に知らせておかないと、俺が不安で仕方ないんだ」

「それは分かっていますよ」

「ふふっ。心配なんてしなくても、みんな良くしてくれていますよ」

「それは分かっているさ。あのメイドたちも、マーガレットを心配して待っていたんだろう」

「あれ？　ユリオス様が声をかけていたんですよね？」

「俺が応接間に着いたときには、あの三人はすでに立っていたぞ」

「そうだったんですか。優しいお姉様たちで本当に助かるんですよね」

「あのメイドたちを、そんな風に言えるとはな……。当主の俺のことさえ平気で脅すようなやつらだぞ」

「まさか？　私に親切なメイドのお姉様たちが、そんな命知らずなことをするわけがないですよ」

「嘘ではないさ。マーガレットに言いつけると脅された」

「え？　私に『言いつける』ですか？　そんなことでは、何の効力もないでしょうに」

「いいや、すっかり負けたさ」

「ご冗談がすぎますよ。人を切らないと生きていけない『血を求める辺境伯』と有名なユリオス様を脅すなんて、血の海になるって分かっているから、誰もしないでしょう」

そんな自殺行為を、とりわけ危機回避能力の高いメイドのお姉様たちがするわけない。

「はッ？　人を切らないと生きていけない？　血の海？　なんだそれは？」

「ユリオス様の社交界の噂ですよ。私、ユリオス様のことを存じ上げなかったので、嫁いでくる直前に教えてもらったんです」

「なあ……。マーガレットは、俺のことを勘違いしていないか？」

「えッ。実家の従者から聞きましたよ。気に入らない人物を容赦なく斬《き》りつける方だって。だから逆らっては駄目だと」

「あのなぁ、社交界の噂を従者が知っているわけないだろう。まあ、今ならその元凶は誰なのか、想像はつくが」

「あれ？　でも、その二つ名は父からも聞いたんです。私、騙されやすいので、こう見えても結構用心深いんですよ。だからいつも父に確認するんですから」

「そうだな、マーガレットは抜けているからな」

「変だなぁ～。父の言葉は信用していたので、てっきりそうだと思っていました」

「確かに、その二つ名は間違ってはいない。この国の領地を取り返すのに我が軍が動いているから『地を求める辺境伯』と、欲深い男だと噂されているからな。音の響きは同じだから、そのまま勘違いしたんだろう」

嘘でしょう。まさかの勘違い？

そう言われて思い起こしてみても、山で常に私を気遣ってくれていたユリオス様は、そんな恐ろしい方には見えなかった。むしろ優しかったし、風変わりな従者を追い払うこともない、寛容な方だ。

もしかして、この半年間、私の盛大な思い違いだったのか⁉

「ユリオス様のこと……凶悪な方だと思い違いをしていました。今まで、失礼なことをした記憶があります。なんだか申し訳ありませんでした」

「……だとしたらマーガレットは、俺が恐ろしい人間だと思っても、嬉しそうに嫁いできてくれたのか。うッ、そんなことって――。俺は先を歩くから、マーガレットは俺の後ろを歩け」

まっすぐ前を向くユリオス様は、私の前を一人でズンズンと歩いて行ってしまった。

お馬鹿な勘違いをしていた私は、また、ユリオス様を怒らせてしまったようだ。

……でも、これくらいでめげては駄目だ。妻なんだから、しっかりしないといけないわと、ついていく。

気を引き締めた私が、ユリオス様を追いかけていくと、ユリオス様の部屋の扉に並ぶように存在する豪華な扉を開け放ち、待っていてくれた。

私の不躾《ぶしつけ》な態度の数々を怒っていないかと気になって仕方がない。それを確かめようと、ユリオス様の顔を覗き込んでみたものの、目元に力を入れ、眉間に皺を刻んだ真っ赤な顔をプイッと背けられてしまう。

……やはり不機嫌にさせてしまったようだ。

「ほらっ早く入って、俺の顔より部屋の中を見た方がいいだろう」

「ごめんなさい。そうしますね」

「ほらほら、入った、入った」

と、中へ促される。

その部屋の中を見た途端、見間違いではないのかと何度も確認した。

机とソファー、小さなチェストしか置いていない広い空間だ。

気分が高揚し、そのままパタパタと隣の部屋まで駆けていくと、一人で眠るには大きすぎる天蓋付きの豪華な寝台がある。

「うわぁー。何もないのが丁度いいですね。こんなに広い空間があれば、薬草も干し放題ですよ」

私の趣味には最高の空間である。嬉しさと驚きで思わず声が出た。

「欲しい家具が置けるように何も置いていなかったはずだが、そうくるとは思わなかった」

「また一緒に薬草を採りに行きましょうね。ここならたくさん干せますよ」

「ああ、一緒に行こう。約束だ」

「いつ行きましょうか？　ユリオス様はしばらくお時間があるんですか？」

「急で悪いが、近々毎年恒例の陛下との謁見がある。マーガレットも同行して欲しいんだが」

「へっ、陛下との謁見！」

聞き捨てならない言葉に、心臓がドキリと跳ね上がる。

部屋に草を干すことしか考えていない私を、そのような場に連れていくのは問題だろう。真面に振る舞える気がしない。完璧にアウトだ。

どう考えても私には無理だ。そもそもドレスがない。

思い留まってもらおうと、縋《すが》るような目でユリオス様を見つめてみた。

「大丈夫だ、心配はいらない」

「何を根拠に仰っているのか、全然意味が分かりませんわ」

「俺が横にいるからだろう」

「そうですか……。それ以前に大きな問題があるのですが……」

「問題？」

「それは……いつ出発予定ですか？」

「明日にでも」

「えぇぇ～、明日ですか……」

随分と急な話だ。そんなスケジュールでは、実家に立ち寄るわけにもいかないだろうし、完全に無理だ。

「俺一人で行くなら碌な休憩も取らずに馬で行くが、マーガレットと一緒であれば、そういうわけにはいかないのは分かっている。だが、それだと明日にでも出発しなければ間に合わない。王家主催の夜会もあるから、そのつもりで準備をしてくれ」

私の問題は、旅の行程ではなかったけれど、ユリオス様は、至って真面目な顔で答えている。

……どうしよう。

「ユリオス様、私、ドレスを持ってきていないんです……。ごめんなさい」

正式な妻になってから、まだ一時間も経っていない。それなのに、ここに来て、すでに何度目の謝罪だろうと思い返す。

「ああ～、ドレスか。それならニールが半年前に揃えているはずだ。あいつの仕事だから正直なところ怪しいが、さすがに一着くらいは気に入るのがあるだろう」

「それって……。私が着られるか自信がないです」

辺境伯領であれば、派手な舞踏会への出席はないと思い込み、ドレスも持たずに嫁入りしてくる令嬢が私だ。こんな私は端《はな》から妻として失格だろう。

正直なところ、リリーのために用意したドレスを、私が着こなせるか自信がない。体型が違いすぎるし、雰囲気も子どもっぽい私に着こなせるだろうか。

「大丈夫だろう。マーガレットと、ゆっくり話もできずに悪いが、俺はこの後すぐにニールとギャビンの所へ行かねばならない。急遽予定が変わったことを伝えてくる。まあ、なるべく早く戻るつもりだ」

ドレス問題を一人で考え込んでいるうちに、ユリオス様が部屋を出ようとしていた。見送りをせねばと駆け寄る。しっかりしなければ、せっかく手違いの妻を卒業したのに、これでは早々に妻失格だ。

「行ってらっしゃいユリオス様。帰ってくるのを待っていますね」

「ああ。行ってくる」

ユリオス様は大袈裟なくらい笑顔で返事をした。まさに、これが夫婦の会話だ。

そうだわ。私、やっと本当の妻になったんだ。暗くなっていては駄目よ。

改めて、部屋の中をぐるりと見渡すと、何も説明を受けなかった立派な扉が目につく。

「隣はどこに繋がっているのだろうか？」と、ドアノブに手をかけて、はたと気づく。

「あっ、そうだ！　この扉を開けるとユリオス様の部屋なんだわ。廊下の扉が並んでいたんだもの」

「アレッ」

ということは、さっき見た一人で使うには大きすぎる寝台の意味って……もしかして、二人で使うために大きいのかしら。

「待ってよ。『なるべく早く戻る』」

って……もしかして……初夜。そうだ、そういうことだ。

私ったら、少しも気づかずに、「待っている」なんて呑気なことを言ってしまった。

半年前は、そのつもりで来た。それなのに、すっかり関係ない話だと油断していた。

実際にそんな雰囲気はなかったのに、待って、まさか急にユリオス様と、初夜……。

「……ど、ど、ど、どうしよう！」

二十一歳の私が、男女のイロハを何も知らないと伝えたら、ユリオス様に笑われるかもしれない。

そもそも、「初めてなんです」と伝えるのは、どのタイミングなんだろう。

「分かんない、分かんない」

ユリオス様のお胸を見ただけで卒倒しかけている私なのに、どうすればいいのよ。

「……怖い」

ちゃんと妻として頑張れる自信がない。

突然こんなことになるなら、メイドのお姉様たちに聞いておけば良かった。

そうだ！　それを教えてもらうまで、なんとか先延ばしにすればいいんだ。

そう思った瞬間、ピキィーンと、ある名案が私の頭の中に浮かぶ。

「そうよ、アレだ！　その手があるわ」

こんなことで自分の趣味が役に立つなんて、捨てたもんじゃないわねと、思わずほくそ笑んだ。


【ユリオス・ブランドン辺境伯視点】


明日からの旅の行程を伝えるため、ニールの執務室を訪ね、彼の顔を見た次の瞬間、いら立ちが起きた。

「ニール！　お前、マーガレットに離婚届けなんて渡していたのか！」

「ん？　どうだったかな？」

「マーガレットが言っていたぞ、お前からもらったって」

「あ～、僕の執務室を初めて訪ねてきたときに渡したんでした。その直後にいろいろあって、すっかり忘れていました」

「おい、マーガレットとの離婚を撤回するまでに、時間がかかったのは、ニールのせいじゃないのか？」

「人聞きが悪いですね。どう考えてもユリオス様が、鈍感なのと不器用なのが原因ですよ。まぁ、良かったですね、やっと伝わったようで」

「……ぐぅ」

しれっと言い切るニールへ言い返したい気持ちは山々だが、否定し切れない俺は大人しく聞き入れるしかなかった。

「まぁ、今回のことは大目に見るが、仕事の報告くらいしっかりしてくれ」

「いつもやっていますよ。この件は、たまたま間が悪かっただけです」

自信ありげに言い切るニールは、リリーの件で疑いを向けたことを根に持っているのだろう。

今日はバツが悪い。強気に出られない俺はひとまず引き下がることにした。

「今回は王都へマーガレットを連れていくから、明日には屋敷を発つ」

「そうですか。マーガレット様のドレスが間に合って良かったです」

「マーガレットのドレス？」

「はい。一か月前、あの部屋のドレスを全部捨てたから、新しいのを一着買えとメイドたちが乗り込んできたんですよ。彼女たちのことだから、以前あったドレスは、ちゃっかり売っていると思いますけどね」

「どういうことだ？　どうして報告しない」

「僕にもよく分かりませんが、ドレスを見たメイドたちが酷い剣幕だったので、怖くて何も言えませんでした。それ以降、ドレスのことは彼女たちに任せましたからね。報告しようにも、ドレスの何が悪いんだか……さっぱり分かりませんし」

「一か月前って……マーガレットのためのドレスを、メイドたちが用意していたのか」

マーガレットの気持ちに気づいていなかったのは、俺だけなのか。

自分の鈍感さが恥ずかしくなり、思わず手で顔を覆った。

山茸を一緒に採りに行った日。俺は完全に振られたと思い込んだまま、彼女の気持ちを考えないようにしていた。なんてことだ。

「メイドの誰かを、王都まで同行させますか？」

「いや、一人を連れていくとなれば、三人一緒について来るだろう」

「確かにそうですね」

「あのメイドたちが近くにいると、ややこしいことになりそうだし、マーガレットと二人きりで行くさ」

「ユリオス様だけで大丈夫ですか？　女性心を全く分かっていないようですので心配ですが」

「王都の屋敷に行けば、母上付きの使用人もいるし問題はないだろう」

「まぁ、仰るとおりですね」

「さてと、次はギャビンのところへ行ってくるか」

「あの～、ユリオス様。マーガレット様は、辺境伯領にずっといてくれるわけですし、あの薬を売るべきですよ」

「何を馬鹿なことを言っている。絶対に駄目だ。マーガレットは、そんなつもりで作っているんじゃないんだ」

「そうでしょうが、もったいないですよ。あれだけの品をただで配るなんて」

「それがいいんだ。彼女の楽しみを奪う真似は認めないからな。俺がいない間にマーガレットへ変なことを言うなよ」

あの山で見た笑顔。それがなくなるのは、俺が困る。

◇◇◇

ギャビンとの話し合いに時間がかかり、部屋に戻るのが思ったよりも遅くなってしまった。時計の針は間もなく二十二時を指そうとしている。

マーガレットは「待っている」と言っていたが、どうしているだろうか。夜の時間をメイドたちと賑やかに過ごしてきたような話をしていたし、急に一人になって心細く感じているかもしれない。

そう思いながら、俺とマーガレットの部屋の間にある扉を軽くトントンと叩いてみた。

だがしかし、マーガレットの部屋の中で人が動く気配はなく、僅かな音も聞こえない。

なんだ……寝ているのかと考え、肩を落とす。

「畜生、くだらないことを話しすぎたせいだ」

もっと早く帰ってきたらマーガレットと、やっと――……。

「はぁぁ〜あ」

がっかりした俺は、自然と深いため息を漏らし、扉に額を付けて寄りかかる。

そして、そのまま静寂に包まれ、ふと我に返った。

駄目だ。今のため息は、どう考えてもまずいだろう。

……やばい。これでは、いよいよ本当に変態だ。

マーガレットが俺の部屋の隣へ来た途端、いくらなんでも食い気味になりすぎだ。

明日から、しばらく一緒に過ごすんだ。いくらでも時間はある。慌てるな俺と言い聞かせ、自分の寝台へと向かった。

【ユリオス・ブランドン辺境伯視点】

一年ぶりの王都へ向け、日頃乗ることの少ない馬車で三日間かけて移動している。俺にとってはまどろっこしく感じる馬車移動だが、俺の顔を見て笑うマーガレットがいるため、時間があっという間に過ぎている。

「まさか、叔父上までマーガレットに粉をかけているとはな」

「そんなんじゃないですよ、行く当てのない私を心配してくれただけです。だって、ベンさんは既婚者ですからね」

「マーガレットは知らないのか？　今は独り身だ」

「ええええ〜。庭師じゃないのも知らなかったけど、そっちも知らなかったです」

「どうして叔父上の言葉は真に受けて、頼ろうとしたんだ？」

「それは、私のことをよく知っているからですよ。会った初日に社交辞令を言う方とは違いましたから」

「なあ、マーガレットには、そんなに言い寄ってくる男がいたのか？」

「私だけじゃないですよ、リリーの方が多かったですから。でも、父から、『会ってすぐに気のあることを言ってくる男の人は、社交辞令だから真に受けないように』って教えられていたんです。特に紳士的な方は挨拶代わりに言うらしいです。あれ？　じゃあ、ベンさんの話は本気だったのかしら？」

こてんと首を傾げるマーガレットに、迂闊《うかつ》な入れ知恵をしたくない俺は、黙っておくことにした。

叔父上に粉をかけられていたマーガレットだが、叔父上を妻帯者だと重ねて勘違いしていたおかげで、「儂の嫁に」と願われた言葉は、本気にしていなかったようだ。

だが、俺には分かる。おそらく叔父上は、甥の嫁を本気で狙っていたはずだ。全く何を考えているんだかと、ため息をつく。

「ユリオス様は、私なんかのどこを好きになったんですか？」

素直なところも、優しいところも、可愛いところも全部いいが、こういうのはどうやって言えばいいんだろうか？　分からないからひっくるめて言えばいいか。

「まあ、全部だ」

「……そうですか。これといったところがないんですね」

「ちっ、違う。本当に全部なんだ」

「ふふっ。そんなに慌てなくても、ちゃんと分かりましたよ」

「そうか、良かった」

マーガレットがカイルの告白を真に受けなかったのは、「よくある社交辞令」と言っていたが、夜会では社交辞令で軽々しく令嬢を口説くものなのか？

紳士は挨拶代わりに令嬢を口説くという話を、これまで聞いたことはないが、それが普通なのか……。

俺は相手を喜ばせる会話なんぞ、したことがあっただろうかと考えるが、首を横に振らざるをえない。

いや、ないな。俺には無理だ。

思いつく以上の話ができないから、マーガレットにうまい言葉をかけてやれずにいるんだから。

急ごしらえで用意した道中二泊目の宿。

もちろん俺たちは夫婦だし、マーガレットを一人にするのは不安で仕方がない俺にとって、別の部屋を取る理由はない。

欲望の塊ではないことをきちんと証明するためにも、もう一度言おう。

「俺たちは夫婦だ」

その俺たちが、今、寝台が一台しかない部屋にいる。そして、妻は湯あみからそろそろ上がってくる。

昨日、俺はドギマギとしながらシャワーを浴びたせいで、長風呂になってしまった。俺が浴室から上がればマーガレットは眠っていた。馬鹿だった。今日は同じ轍《てつ》を踏まない。

二日目の夜は、俺が先にシャワーを浴び準備万端整った。あとは布団へ向かうだけ。

二人で寝台へ入るとなれば、これはいよいよ……待ちに待った初夜だ。

ガチャンと脱衣室の扉が開いて閉まる音がする。出てきたマーガレットは、水差しまでとぼとぼと向かい、水を一気に飲み干していた。

まずは世間話をしてから寝台へ誘うべきだろう。そう考え、脈絡のない話を振る。

「マーガレットのドレス姿を初めて見られるのか」

「私、ドレスを着て歩けるか、いまいち自信がないんですよね。大丈夫でしょうか？」

「大丈夫だろう。マーガレットを心配するメイドたちが用意したんだから」

「……」

返事のないマーガレットは、ふらふらとした足取りで布団に潜り込もうとしている。その途中で、くたりと力が抜けた。

「マーガレット？　具合が悪いのか？」

「……」

寝台に駆け寄り声をかけたが、妻からの返事はない。寝息が聞こえる。

横になっただけで、すでに深い眠りについているマーガレットへ布団をかけてやり、頬を撫でた。

だが、少しも応じる気配はない。

昨日は椅子の上で寝落ちしており、寝台まで俺が運んでいた。

馬車での移動が相当体に堪《こた》えているのだろうか？　昼間は至って元気に過ごしているが、意識を失うように眠る彼女の体が心配になる。

余裕を持った移動にしたつもりだが、帰りは一日の移動距離を短くした方がいいだろう。

正直、遠征に慣れすぎている俺の基準は、世間とはズレているはずだ。自分の感覚は当てにならないからな。

◇◇◇

陛下が面会に使用している、謁見の間に向かう。

「マーガレット、ちゃんと歩けるか？」

「心配はいらなかったみたいです。だって、このドレス、まるで私のために作ったみたいにピッタリなんですよ。リリーのために用意したドレスだと、貧相な私にはぶかぶかだと思っていたのに、ニールさんってば、サイズを確認しなかったんでしょうか？」

「ははっ。ニールならやりかねないが、そのドレスは、一か月前に、あのメイドの三人がマーガレットのために用意したみたいだ。俺も出発する直前に聞かされた」

「ああー、そういうことですか。このシンプルな感じが、目立たなくて済むから良かったなぁ、って思っていたんですよ。でも、実家に帰るって知っていたのにどうしてだろう」

俺を見つめ、「不思議ですね」と首を傾げた。

メイドたちは、マーガレットが俺と一緒に夜会へ参加するのを見越して準備していたのだろう。

従者でさえ俺の感情に気づいていたのに、当のマーガレットはさっぱり分かっていない鈍感さを笑ってしまうが、俺も「マーガレットの好きな男」を勘違いしていたのだ。

そのせいで、鈍すぎるマーガレットを笑えない自分がいる。

嬉しいからもう一度言おう。マーガレットは俺が好き！


心の中で、喜んでいればすでに王城内の分かれ道に差し掛かっていたため、慌ててマーガレットに道案内する。

「陛下がいるのはこっちだ」

「あっ、はい」

二十年前に奪われた国の領地を取り返すために、繰り返し兵を出している。

現時点で、奪われた土地を三分の二まで奪還するのに成功している。残り三分の一。

あとは、時間の問題であり、全ての領地を取り戻せると断言できる。

だが、マーガレットと過ごす時間を作りたい俺としては、さっさと面倒な領地争いを片付けたいところ。即刻、無駄な戦さを終わらせるため、国の援軍を求めるのが今回の目的だ。

即位二年目の年若い国王陛下。争いとは無縁の王都で暮らしているからだろうが、軍事のことはまるで分かっておらず、昨年は、俺の報告をどこまで理解していたのかと、訝《いぶか》しんだくらいだ。

俺より一歳年下の陛下は、軍服を着ているくせに、自分が軍を指揮する立場にあることを認識していない。

領地奪還の進捗状況を報告しているが、今年も相変わらず返答の歯切れが悪い。

陛下が動かないのであれば、こちらから促すまでだ。

「陛下自ら軍を動かせば、一気に攻め込んで早期に解決できますが?」

すかさず俺から目を逸らした陛下。軍を動かすのは、相当面倒と見える。声の調子も上《うわ》ずった。

「いやぁ〜、国の軍を動かさなくても、ブランドン辺境伯に任せておけば十分だろうぅ」

「何も遠慮はいりません陛下。我が家には、陛下の率いる一軍を受け入れる準備はいつでもできています。援軍はいつでも歓迎します」

「あぁー、きっと、私が向かったところで足手まといになるだけだ。奪還した後に視察へ行かせてもらうとするから、そのときに頼むとする」

「承知いたしました」

とりあえず、承諾する振りだけをしておいたが、そんな用件で、我が領地に来てくれなくて結構だ。

戦争が全て片付いてから、国王の御一行を出迎えるのは、ただの面倒事でしかない。

何の役にも立たない話を、しやがって。そんな話は御免だと内心腹を立てていれば、陛下の視線がマーガレットへチラチラと向いている。

「そうだった。ブランドン辺境伯は結婚したんだよね。ご夫人のことは噂でよく聞いていたが、面と向かって会ったのは初めてだ。今晩の夜会は二人で存分に楽しんでいってくれ」

「……はい」

一応当たり障りのない返答をしたが、陛下の言葉の意味が理解できない。

マーガレットが噂になっていた？　それも、陛下がよく耳にするほどに。

それなのに、どうして俺はマーガレットのことを全く知らなかったのだ……。一体どういうことだ？

社交界の噂は友人のアンドリューから俺の耳に入る以外、ほとんど届くことはない。

マーガレットに、どんな噂があるのか知らないが、害になるものではないのか？

華やかな令嬢やご夫人たちの中で、ある意味マーガレットの素朴な雰囲気は、目立つと言えば目立つ。噂というのは、そういうことだろうか？

マーガレットは知っているのだろうか？　そう思い横にいるマーガレットに目をやると、目を白黒させて、俺以上に不思議そうな表情を浮かべていた。

まあ、そうだろうなと納得した。マーガレットは薬に関する知識があるせいで、見落としがちだが相当に鈍いから、自分の噂は何も知らなくて当然だろう。

後で、アンドリュー・トストマン侯爵に聞いておくかと、そのざわつきを胸に納めた。

まさか、驚愕の事実を知らされるとは、このときはまだ、知らなかった。

【マーガレット視点】

緊張で足が震える。子爵家の娘にすぎない私が国王陛下の御前に立つことは、まずない。こんな至近距離にいるのは初めてだ。

一応王族に近づいた経験は一度だけあるけど、それは、デビュタントのときに先代の陛下にご挨拶したきり。

この場にいるだけで緊張するのに、一方のユリオス様は陛下相手に堂々と会話をなさっている。

そんなところを見ると、ユリオス様は私が思っている以上に国政に影響力のある方なのかもしれない。

——なのかもしれないって……そんな馬鹿な。

そういえば……。私は彼の妻なのに、意識してみると、ユリオス様のことを何も知らない事実に気づく。半年も屋敷で暮らしていたのに、万が一、彼のことを尋ねられても答えられる気がしない。

ユリオス様の妻としてしっかりしたいのに、これでは全然駄目だと焦りが募る。

すっかり気落ちしている私の心情を見透かすように、陛下がチラチラと私を見てきて話題が変わった。

「そうだった。ブランドン辺境伯は結婚したんだよね。ご夫人のことは噂でよく聞いていたが、面と向かって会ったのは初めてだ。今晩の夜会は二人で存分に楽しんでいってくれ」

するとユリオス様が戸惑いがちに「……はい」と返答した。

陛下が仰った「私の噂」とは、一体どういう意味なのか？　さっぱり見当もつかない。

もしかして、私の知らないところで変な噂が広がっていたせいで、誰からも真剣に見向きもされなかったのかもしれない。そう考えると、いろいろ腑に落ちる。

横にいるユリオス様が、不思議そうな顔をしているところを見れば、彼は私の変な噂は知らなかったんだろう。果たして、それがいいのか、悪いのか分からないけど。

内心、困ったなぁと深いため息をついている。

別に自分の噂に興味はないいし、どんな噂なのか、怖くて知りたくもない。だけど、ユリオス様には絶対に知られたくない。それを知られてしまえば、嫌われてしまう気がするから。

私の好きなところを尋ねたときだって、慌てて「全部」と答えたユリオス様だ。間に合わせで「全部」と返答するのは、社交辞令の方たちと一緒。そう……他の紳士の方々が適当に誤魔化した台詞と同じ。

ユリオス様は、大した面白い話もできない私と旅をして、嫌気がさしたのかもしれない。

嫌われていないかと、胸がざわつく。

そのうえまさか、ここでリリーに再会するとは、思ってもいなかった……。


【ユリオス・ブランドン辺境伯視点】

俺が唯一参加している夜会。見慣れた王城の大広間も、今回は、水色のドレスに身を包む愛らしいマーガレットと出席しているため、なんとも新鮮に感じる。

そんなマーガレットは、少し前にリリーから声をかけられ話し込んでいるようだが、俺も目当ての人物を見つけた。

マーガレットの噂を知りたい俺は、アンドリューを捜していたが、あちらも何か言いたげな顔で近づいてきた。都合がいい。

「おい。まさかユリオスが、マーガレット嬢を連れてこの夜会に参加するとは思ってもいなかったよ。二人で一緒に来たんだよな」

「まあな」

「まあなって、何の報告もなかっただろう。一体どういうことだ。まさか婚約したのか……？」

「いや、もう結婚した。俺もいい歳だからな」

「それは本当か……？」

目をパチクリさせたアンドリューは、言葉を失い項垂れた。

俺に先を越されたのが、よほど堪《こた》えたのだろう。そろそろ独身生活を謳歌している歳でもないと諭す。

「アンドリューも、早くした方がいいんじゃないか」

「腹立つなぁ。結婚のことは君にだけは言われたくないよ。僕が狙っていた令嬢を、突然現れて攫ったくせに」

眉間に皺を刻み、そう言った。

「はぁ？　お前もマーガレットに目を付けていたのか？」

親友からの予期せぬ言葉に、目を白黒して尋ねると、至極真面目な口調で返された。

「いや。目を付けていたのは僕だけじゃない。独身男は皆、彼女を狙っていたさ。彼女の薬草師としての才能は一流だから、手に入れれば大儲けは間違いないからね」

「大儲け？」

「ヘンビットの当主は商才がないから彼女を使えないままだったけど、彼女以上に利用できる令嬢は他にいないだろう」

「は……？」

混乱で時が止まった。

アンドリューに話を聞けば、すっきりすると思っていたが、ますます混乱したため、あんぐりと口を開けた。

「ユリオスのその顔……僕を馬鹿にしているのかい」

「そうではないが、状況が飲み込めない」

「僕が長年狙っていたマーガレット嬢を、どういうわけかユリオスに取られてしまった僕の方が理解できないよ」

「おいッ！　長年って、どういう意味だ、教えろ！　侯爵のお前が子爵家に結婚の申し込みをすれば済む話だろう。どうしてアンドリューが狙っていたのに結婚しなかったんだ？」

「ったく。簡単に済まないから試行錯誤してたんだよ。そんなことを言っているユリオスが、彼女を妻にしているって、本当に呆れるな。君はどれだけ運がいいんだよ」

「いいから詳しく教えろ！」

待ち切れない俺は、話の先を急かす。

「僕だって何度も結婚を申し込んだけど、ヘンビット家の当主は、彼女の結婚に対して王族しか払えないくらいの支度金を要求するからさ。僕では到底用意できなかったからね」

「お前……俺に一度もマーガレットの話をしたことはないだろう！」

「当たり前だ！　お前が彼女のことを知ったら絶対に欲しがるだろうし、支度金だって軽く用意できるからな」

ムッとして返されたが、確かに俺をよく理解しているなと感心した。

否定はしない。リリーから薄ーく薬の話をされて釣られた俺だ。マーガレットが薬を作ると聞かされれば、間違いなくアンドリューの思っているとおりの行動をとっただろう。

「もしかして、アンドリューもマーガレットに言い寄っていたんじゃないだろうな」

「まぁ当然だ。何度頼んでも当主を落とせないなら、本人を口説き落とすしかないからね」

「ま、まさかマーガレットに変なことをしていないだろうなッ！」

アンドリューを鋭く睨む。

「してない、してない。誤解だ、怒るなって。いつも傍にいる妹が必ず話に割り込んでくるせいで、会話も真面にできないのさ。妹のいないときを狙って声をかけても、それがまた彼女にうまくかわされたし」

マーガレットのあの話。だから彼女は父親から「好青年が都合のいい話をするのは、社交辞令」だと刷り込まれていたのか？　自分の薬を売る気のないマーガレットが騙されないように。

そういうことかと納得した俺は、胸のつかえがすっと取れ、ようやっとアンドリューに笑顔を向ける。

「そ、そうか。お前も社交辞令の一人だったのか」

「なんだよ社交辞令って、失礼だな」

「マーガレットに『見向きもされていなかった』ってことだ」

「酷い言い草だな。相当試行錯誤していたが、君に奪われるまでは、僕が一番有利な婚約者候補だったんだ」

「お前でも、令嬢を落とせなくて苦戦するんだな、くくっ」

「ったく、笑うなよ。正直、ユリオスに彼女を取られたのが分かって、今はショックで立ち直れないんだから。彼女を手に入れた後の事業計画もすでにできていたのに」

それを聞いてふと、去年の夜会の光景が頭に浮かんだ。

思い起こしてみれば、社交界で人気があるとリリーを紹介してきたのは、アンドリューだ。

俺は去年、マーガレットを見かけた記憶さえない。だが、その夜会でリリーと初めて出会って話をしたのだ。その間、マーガレットはどこで、誰と一緒にいたのかと疑問が浮かぶ。

「おい、去年の夜会で俺にリリーを紹介してきたのって、もしかして！」

「あっ、気づいた？　妹が邪魔だからユリオスに押し付けたんだよ。純情なマーガレット嬢ならキスでもすれば落ちると思っていたのに去年は別の邪魔が入ったし、今年こそはと期待していたのに、本当についてないよ」

「キ、キス⁉　お前、マーガレットと二人きりになるために、『リリーが社交界で人気がある』って、嘘までついて、俺に紹介してきたのか？」

「いや、妹の話は事実だよ。君に嘘をつくはずないだろう」

疑わしいなとギロリと睨めば、言い訳を始めた。

「ほら、この国って令嬢たちも奔放だろう。だから、遊びたい若い貴族たちにとっては、彼女は話もうまいし相当な美人だから、人気なのは間違いない。好きに遊んだとしても、ヘンビット子爵家は力がないから何も言えないし。十代の令息たちには丁度いいからね。けど、俺らくらいの年になれば、中身のない女には興味がないからそう思うだけだ、なぁ」

「……っぅ」

アンドリューの「なぁ」の一言で、一瞬で頬が熱くなった。なんなら耳だって熱い。

まずい。今の俺は遠目から見ても分かるくらいに、男の前で真っ赤になっている大の男。そんな絵面になっているだろう。

言い返す言葉が見つからず、アンドリューから顔を背ける。

――なんてことだ……。

俺は去年の夜会で、まんまとリリーに引っかかっているではないか！

先日リリーが突然屋敷へやって来るまで、彼女の本質に気づいていなかったからな。

大変だ。アンドリューに、この結婚の経緯を話せば、一生馬鹿にされるに違いない。これでは大恥もいいところだ。

少し離れた場所にいるマーガレットを見て、「頼むから迂闊に俺たちの結婚の成り行きを喋らないでくれ」と念を送ったが、相手はマーガレットだ。分が悪い。

聞けば何でも話してくれると、信用足りるギャビンのお墨付きだからな。

俺がリリーへ求婚して、「マーガレットが来た」という間抜けな話。アンドリューだけには知られたくない。そのうえ、馬鹿なことにマーガレットを追い返そうとしていたんだから。

……おい。もしかして。

世間の感覚とズレている俺が、何も知らずに先走って金を送ったことで、妹以上に価値のあるマーガレットを、俺に嫁がせてもいいと当主に判断されたのか。

そうか、だからかッ！　マーガレットの父親は、俺が抗議の手紙を送ったにもかかわらず、悪びれることもなくあのような返事を寄越したんだ。あれは、大事なマーガレットを丁重に返せという意味だったのか！

マーガレットの父親に認められたのに、辺境伯の立場があるからと完全に驕《おご》っていた。

あれからヘンビット子爵は何も言ってこないが、怒っているだろうな……。

俺の留守を狙い、マーガレットを取り返しに来たらどうしよう。そんな想像をすれば、ジリジリと不安が募る。

この事実を知った今となっては、リリーが突然我が家にやってきたことを、子爵家へ抗議していなくてよかったとホッとする。もしも、手紙を書く時間があれば、何を書いていたか、怪しいところだ。

それに、ニールがいつもの適当な調子で、大聖堂へ結婚誓約書を提出していなければ、俺はあの日、マーガレットを追い返すところだった。

たまにはいい仕事をしたと感謝すべきだな。

するとアンドリューが、マーガレットを見やりながら話し始めた。

「君の奥さんっていうのが信じられないくらい、少しも変わってないな」

「可愛いだろう」

「そういえば、変な目で彼女を狙っていたやつもいるから気をつけろよ」

「それは、自分のことを言っているのか？　さっきキスの話をしていただろう。この場にマーガレットを連れて来なくて良かったと思っているところだ。お前にいやらしい目で見られては、純粋無垢なマーガレットが汚れる」

「いや。さすがに君を敵に回すほど、僕は愚かではないさ。命は惜しいからね。あのときは、言葉では分かってもらえないから焦っていただけで、別に彼女に好意があったわけじゃないから安心してくれ」

この親友。マーガレットとの既成事実を作って騙す気だったのか。お前にはマーガレットを絶対に近づけないとジト目で見つめる。

そんなアンドリューを見て思う。俺にとっては、この夜会の方が、嵐の山より、よほど危険だろう。駄目だ。こうしてはいられない。

——なんだかザワザワと嫌な予感がする。

そう思い、マーガレットの元へ急いで戻って、声をかけた。

「マーガレット、俺の傍を離れるな」と声をかければ、マーガレットが微笑んだ。

どうやら俺は相当に幸運な男だったらしい。

離婚するなどと愚かなことを言ったにもかかわらず、マーガレットが俺を好きになってくれたなんて奇跡だ。もう絶対に離さないと再び心に誓う。

【マーガレット視点】

ユリオス様と夜会の会場に足を踏み入れて、すぐの出来事だ。

「お姉様ッ！　来ていたんですか！」と、聞き馴染みのある甲高い声が耳に響くと同時に、力強く腕を掴まれ引き止められた。

そうなれば、反応を返すしかない。

「リリー。あなたも来ていたのね」

対面したリリーに当たり障りのない声をかけたが、本音では会いたくなかった。

先日の騒ぎの直後にもかかわらず、リリーは何事もない顔で私に話しかけてきている。この神経が私には不思議でならない。

目をキラキラと輝かせるリリーから呼び止められ、立ち止まったのは私だけだった。

一緒に横を歩いていたユリオス様は、彼に向かって手を上げていた方に、誘われるようにして、ここから離れてしまった。

あーあ。

少し離れたところに立つユリオス様は、なんだかご友人と二人で楽しそうにお話をしていて、会話に交ざるタイミングを完全に逃してしまった気がする。

夫のご友人に、挨拶もしない妻だと思われている気がしてならない。

やはり間違いない。二人で私を見ているということは、話題は私だろう。

しきりに何か言っていたリリーが、ツンツンと腕をひく。

「ねえ、聞いていますか？」

「え？　何かしら」

「お姉様に会いたいと思っていたら、本当にいるんですもの。良かったわぁ〜」

妙にテンションが高い妹。こんなリリーが私に会いたい理由など、十中八九悪巧み。それくらい鈍い私でもちゃんと分かる。でも、私も気になることが一つある。

今度は私に何を押し付けようとしているのだろうかと、警戒しながら会話を続ける。

「つい先日会ったばかりでしょう、またどうして……」

「お姉様へ、あたしの婚約者のウエラス伯爵を紹介できるんですもの。会いたがっていたのよ。今、ここに呼んでくるわね」

「ねえそんなことより待って」

「そんなことって、酷いわね。あたしの婚約者なのよ！」

「それは後からご挨拶するから。ねえ、この夜会にお父様は来ていないのかしら？　気になることがあって話がしたいのよ」

「うちのお父様が社交場に来るわけないでしょう。いつも、あたしの『縁談話を断るのが面倒だから』って、夜会を嫌っているんだもの」

「……そ、そうよね」

ウエラス伯爵との婚約……。

先日リリーが言っていた『縁談の件』。適当な話ばかりするリリーの嘘かと思ったが、それは本当だった。

だとしたら、父が私を子爵家から追い出したいほど嫌悪していたのも、本当の話なのだろうか？

「それにしても、お姉様ってば、相変わらず地味な恰好ね。まあ、それがお姉様らしくて丁度いいけど、ふふっ」

くすくすと馬鹿にしたように笑うリリーにはこの衣装の良さが分からないのだろう。妹は派手な見た目にしか興味がないから。残念ね。

私が着ているこのドレス。相当な高級品であるのは、一目瞭然だ。価値の分かるご婦人とすれ違った際には、ドレスにうっとりと羨望の眼差しを向けられた。

美しいグラデーションに染められた生地は、いくつもの工程を経てできたものだ。それを使っている時点で、美術品とか美術工芸品の部類に入るだろう。

まあ、こんなに高価なものは、実家では無縁だし、作業工程に興味のないリリーなら知らなくて当然だけど。そんな風に考えていると、少し離れたところからユリオス様の声が聞こえた。

「マーガレット、俺の傍を離れるな」

声のする方へ目を向けると、表情を強張らせ、耳まで赤いユリオス様が走り寄ってくる。油を売っていたせいで、私は叱られたのだろうか？

今日は失敗しないように、頑張ろうとしていたのに早速これだ。

「ユリオス様。今、リリーの婚約者を紹介してもらおうと――」

「マーガレットは俺の妻なんだ。リリーの婚約者のことは気にしなくていい。踊りにいくぞ」

彼はそれを言い終えるよりも先に動き出した。相も変わらず強引に手を引かれ、広間の中心に向かっている。

まずい。ここまで来て、真面に踊れないなんて言い出せない。……どうしようかと体が小刻みに震える。

実のところ、私のダンスは最低で最悪と定評がある。

珍しく自信があるからもう一度言うが、私はダンスが超ど級にヘタだ。

何度もレッスンを受けてきたため、ちゃんと振りもステップも頭では分かる。だが、いざ動き出すと体が伴わない。不思議なことに。

自慢ではないが、私と一度踊った男性から、二度目の申し出を受けた例《ためし》がない。

それどころか一曲を踊り切った記憶も乏しい。

私とのダンスに耐え切れなくなり、踊り終わる前に、大半の方が「やめよう」と言い出す始末。おかげで結婚直前の頃には、すっかり誘われなくなった。


久々のダンスのお誘いだ。最高潮に緊張する私は、無理やり笑顔を作って尋ねた。

「…………。ユリオス様は、やっぱり踊りがお得意なんですね」

「悪い。過去に一度も踊ったことはない。あの場から連れ出すために思いついただけだ。頼むから俺に足を踏まれないように気をつけてくれ」

「……私は踏まれても気にしませんよ」

そう伝えると、会場の雰囲気をガラリと変える軽やかなバイオリンの音色が響き渡る。

十分に心の準備ができないまま始まった、軽快な音楽。

それに合わせて体を動かしているはず。それなのに全くステップが音と合っている気がしない。

遅れを取り戻そうと慌てて動きを速めれば、ぎゅゅうっと足の裏で思い切り何かを踏みつけた感覚を覚える。

早速やってしまった。これは間違いなく、ユリオス様の足だ。

開始から僅か二十秒で、すでに不安が高まり、ますます体が強張る。

そのせいもあってなのか動きがぎこちなくなる。そうなればさらに、むぎゅっと何かを踏みつける感覚が連続する。ここまでくれば何が悪いのか、さっぱり分からない。

これだけ踏みつければ、さぞかし痛がっているだろうと思い、恐る恐るユリオス様の顔を見るが、眉ひとつ動かさず、平然としている。とりあえず大丈夫そうだと、ホッと胸を撫で下ろす。

だからといって、これ以上の失敗は許されない。そう思いながらターンをすれば、ザクッと、新たな感覚が伝わる。

まさかとは思うが、ピンヒールで何かを踏んだのだろうか？

……となれば、彼の足の甲に、流血ものの深い傷を作った気がしてならない。

正面からユリオス様の顔を見るのが怖くなり、流し目でユリオス様を確認するが、なんと顔色一つ変えていない。さすがだ。


ユリオス様が日頃から鍛えていてくれて良かった。心からそう思った瞬間である。

どうやら私が足を踏んだくらいでは、全く痛くないようだし問題はないみたいだ。

あれほど俊敏なユリオス様なら、私の足くらい避《よ》けられる気がするのだが、意外なことに、過去に踊った男性陣の中で、足を踏みつけた最多記録を更新している。

あー、馬鹿、馬鹿ッ！　こんなことに、感心してどうするのよ！

百面相をされるユリオス様が、むしろ、ずっと無表情になっているんだから、これは怒っているので間違いない。

……どうしよう。

ユリオス様の横に並んでも、相応しい妻でありたいのに……少しもうまくできない。

挨拶の一つも真面にできない妻で、そのうえダンスまでボロボロ。少しもいいところを見せられない私なんかを、彼が好きになる理由が全く分からない……。


【ユリオス・ブランドン辺境伯視点】


マーガレットは嫁いで来た初日の不満を、俺に直接言ってこないが、やはり怒っているのだろう。まさに痛感している。

「足を踏むくらい気にしない」と宣言したということは、俺も気にするなということだよな。文句を言うな。我慢しろと。

マーガレットの言わんとしていることを察し、素知らぬ振りはできる。こう見えても俺は寛大な大人だ。

つま先で思いっきり俺の足を踏みつけるのは、間違えただけ。そう理解もできる。こう見えて俺は前向きな男だ。

だが、尖った踵《かかと》でどう間違えたら踏みつけることができるんだ？

今、突然後ろを向きかけて、ピンヒールでぐっさりと、俺の足の甲を踏みつけただろう。

それも、直前に足元を見てしっかりと狙いを定めていた。

謎な動きを繰り返して俺の足を踏むのは、どう考えても、わざとだろう……。

――どうやら俺への恨みは相当に深いようだ。

彼女から踏まれないようにかわすくらいはできる。

――が、それでは彼女の気が済まないだろう。

これは、俺が彼女に酷い態度をとった罰だと甘んじて受けている。

だが、日頃鍛えている俺でも、足の甲まで鍛えてはおらず、痛いものは痛い。

情けない顔をしないように、必死に耐えているが、そろそろ限界だ。

しばし耐え忍び、俺の下ろしたての靴が見るも無残な状態に変わったところで、音楽が止まった。


……やっと終わったなと、ほぅっと安堵の息を漏らす。

すると、真っ赤になったマーガレットは何も言わずにテラスへパタパタと逃げていった。

「おい、マーガレット！」と声をかけたが、振り返ることはない。

ダンスに乗じて怒りをぶつけたのが、怖くなったのだろうか。馬鹿だな。そんな仕返しぐらいで、俺が怒るわけがないだろう。

「ったく、危ないから俺から離れるな」

もちろん視線を外すことはないが、どこか抜けているマーガレットが心配でたまらない。

アンドリューの話では、この会場の男どもは俺の敵で溢れているのだから。

テラスへ足を運びかけた、そのときだ。聞きたくない声が耳に届く。

「先日は突然押しかけて申し訳ありませんでした。あたし、あれから、とても反省していて……もし良かったらお話ししませんか？」

上目遣いのリリーから手を握られた。

「謝罪は受け入れたから気にするな。俺はマーガレットを迎えにいくから忙しいんだ」

「少しだけで構いませんわ」

「悪いと思っているならこれ以上、俺に関わるなッ！」

「お姉様は、ダンスの直後は決まってテラスで涼んでいるんです。ほら、ここからだと、窓の様子も見えますし、お姉様がこの部屋に戻ろうとしたらすぐに分かりますから」

そう言ったリリーは、首を動かしテラスに繋がる窓を見やる。外と行き来する人物の姿はなく、マーガレットをつけ狙う男はいない。

「そうだとしても、俺はマーガレットの傍を離れる気はない。邪魔だ」

「ま、待ってください。お姉様のお話を少し――」

「俺を掴むその手を離さなければ、立場も弁えず俺に気安く触れる無礼者だと声を荒らげるが、それでもいいのか？」

全く懲りた様子のないリリーに、いら立ちは高まり、女性相手と分かっているが、強気な口調を緩める気はない。

王城に来てから、ザワザワと妙な胸騒ぎが続いている。

「もっ、申し訳ありませんでした。お姉様のところへ早く向かってください」

青ざめたリリーが、パッと手を離したため、急いでテラスへ向かう。

【リリー視点】

きゃぁぁぁぁーと声を上げそうになるのを、必死に押し殺した。

ブランドン辺境伯のあの目つき。あれは本気だわ。これ以上引き留めるのは無理だ。

ここで引き下がらなかったら手を折られるところだった。あと少しで本当に危なかった。

テラスに視線を向け、「あとはうまくやりなさいよね」と、ウエラス伯爵にエールを送る。まあ、これ以上は、知ったことではない。

「うふふっ」笑いが止まらない。これで姉も痛い目に合えばいいのだとほくそ笑む。

あたしがどんなに嫌がらせをしても、平気な顔をして、いちいち頭にくる姉だ。大っ嫌い。

いつも能天気なことばかりして、我が家に迷惑をかけていたくせに、あたしが譲った夫と嬉しそうに夜会にやって来て。許せない。

そもそも、あたしが譲らなかったら、根暗な姉なんて相手にされるわけがないのに。

今回こそは、感度の悪い姉でも、少しぐらいは落ち込むはずだ。ざまあみろと笑みがこぼれる。

どうせすぐに伯爵の犯行は発覚するだろう。でも、そうなれば彼は犯罪者となり、あたしの婚約が綺麗さっぱり消え去る。これで万事が好都合だ。

ウエラス伯爵なんかと婚約させられて、どうしようかと焦っていたけど、神様はあたしの味方だった。
しばしの間、喜びに浸った後、よく知る伯爵令息に声をかけに向かう。

第10章　妹の企みと消えた妻。ぴったりと重なる想い

【マーガレット視点】


焦れば焦るほど、全くうまくいかなくなったユリオス様とのダンス。

頭が混乱してきた私は、余計なことを口走る前にひとまず冷静になろうと、外の空気を吸いにテラスへ出た。

すると、誰かを待っているような中年男性が一人、こちらを見て立っていた。

先客がいたので、すぐさまこの場から去ろうと思った矢先、名前を呼ばれた。

「マーガレット……会いたかったよ」

「え？」

誰だろうと考え、きょとんと間の抜けた反応をとる。

「ヘンビット子爵から君が結婚したと聞いて驚いたよ」

「そうですか」

「病気の妻は死んだから、もう何の懸念もないのに、酷いじゃないか」

「どういうことでしょうか？」と、意味も分からず首を傾げる。

目の前に立ち尽くす太った男性。顔に覚えはあるけれど、名前が出てこない。そう思った瞬間だ。口を塞がれ、あっという間に抱きかかえられ、連れ去られた。

彼の肩をパンパンと叩き抵抗を試みたものの、全く歯が立たず、どこかの部屋へと運び込まれてしまった。

……嘘でしょう、ここはどこ？　なぜ、こんなことになっているのよ。

それにしても、随分と慣れた手つきで連れ去るわねと内心感心した。見た目に寄らず俊敏だ。

なーんて、馬鹿、馬鹿、馬鹿。そんなことに感心している場合ではない。

どう考えても、絶体絶命の大ピンチで、現実逃避をしている余裕はない。

呑気なことを考えていないで、なんとか逃げる道を探すのよ。まずはこの方の正体よ。彼は誰だ？

私の名前を知っていたし、文句も言っていた。病気の奥さんが……亡くなったとも。

あーそうだ、思い出した！　目の前の男性はウエラス伯爵だ。この人に何度かテラスに誘われた記憶がある。

だけど、この方といると決まってユリオス様のご友人が話に割り込んできて、この方に「ついて行っては駄目だ」と教えてくれた。

あー、もう、私の馬鹿、馬鹿。どうして会ってすぐに気づかなかったのよ。こんなんだから、リリーに馬鹿にされるのだ。

この後、どうなってしまうのよぉぉ！

……って、内心騒いでみたけど、それくらい、いくら鈍い私でも寝台の上に横たえられているということは、何をされそうになっているかは分かる。

リリーのように美しくはないけれど、私だって一応は女だ。

いつかは好きな人と期待していたし、ユリオス様と、ちゃんと初夜を迎えたいと思っていたのだ。

こんなことになるのなら、ユリオス様から逃げるようなことを……しなければ良かった。

いらない見栄を張って、どうして馬鹿なことをしていたんだろう。

なんとか逃げる手立てを探そうと部屋をぐるりと見渡せば、ウエラス伯爵が嬉しそうに喋る。

「扉を見ていても、ここには誰も来ないさ。助けを待っても無駄だ」

「誰か通りかかるかもしれないわ」

「私が管理している罪人の自供部屋だ。どんなに叫んでも外には声も聞こえない」

そう言いながら彼は、着ている上着を脱ぎ、椅子の背もたれにパサッと掛けた。

どうやら私の予想は間違っていなかったようだ。このままではユリオス様から逃げていた初夜が……なくなる。

……私なんかのことを、ユリオス様に心配してもらえるかどうか自信がない。

手違いで結婚して、何となく好きになった私のために、ユリオス様がわざわざ動いてくれるだろうか？　動かない気がする。

……いや、そもそもダンス中に怒っていたユリオス様は、私がいないことにも、しばらく気づかない気がしてならない。

それよりも、こんなことがユリオス様に知られたら、もう一緒に帰れない。ブランドン家にとって、後継者にかかわる重要な問題だ。現実問題として、本当に妻のままではいられない――。

ここにはいられない……嫌だ。そんなのは絶対に嫌！　これまでだって、一人で一杯考えてやってきた私なら、できるはず。彼の元に戻りたい一心で、にっこりと笑う。

「私、踊った直後で喉がカラカラなんです。何かありませんか？」

【ユリオス・ブランドン辺境伯視点】

リリーの手を振り払った俺は、外へ出ると同時に声をかけた。

「怒ってないから、俺の傍から離れるな……」

だが、返答はない。その言葉は誰にも聞き止められることなく、乾いた風に吹き流されていった。

人の姿も気配も一切ない。

慌てて四方隈なく見回すと、絶望の声が漏れる。

「マーガレットが……い……ない」

彼女の姿が見えない。美しい水色のドレスを着て嬉しそうに微笑んでいた妻の姿が、どんなに目を凝らしても、どこにも見当たらない。

「マーガレットが消えた……」

ここにきて最高潮に高まった胸騒ぎ。背中を冷たい汗が伝う。

無駄に広いテラスだが遮るものはなく、全面を見渡せる。死角はない。

テラスに続く窓は一か所しかないはずだ。

そこから俺は目を離していないし、他に出入りしたやつもいない。それなのに、どこへ行ったというのだ!?

いつも、いつも俺の前からいなくなるマーガレットだが、匿う従者がいない王城で、見失うわけがない。そうだろう……。

いないとは分かりつつも、テラスの端まで来てみれば、唖然とした。遠目では気がつかなかったが、このテラス、外へ下りられる階段があったのだ。

「マーガレット!」

庭に向かって叫んでみたが、俺の声が暗闇に響き渡り……そのまま消えた。返事はない。

マーガレットが一人で暗い庭へ下りたとは考え難いが、向かう先がここしかないなら、突き進むだけ。

全速力で庭を走り回ってみたが、マーガレットどころか人の気配が全くない。

警備の人間がいれば尋ねようと思ったが、タイミングが合わないのか、兵士と出くわすこともない。

ところどころに小さな灯りがあるだけの暗い庭に、マーガレットが一人で来るとは思えない。窓から漏れる光へ顔を向ける。

「王城の中か……」

再び大広間へ戻るが彼女はいない。彼女のいそうな場所を想像し、洗面所へ向かう。そして中から出てきた女性に尋ねた。

「中に水色のドレスを着た女性はいなかっただろうか？　連れが見当たらないんだ」

「い、いいえ。誰もおりませんでしたわ」

「……ッ、そうか。感謝する」と、礼を伝え、長く続く廊下を隅々まで捜した。

――その結果。赤い絨毯を見下ろし項垂れる。

「どこにもいない――……」

外も王城の中も手当たり次第捜したが、見つからない。

逃げたり隠れたりするのがマーガレットだが、気まずくなって俺から逃げていると考えるには、もう無理がある。


……ずっと感じていた胸騒ぎ。

マーガレットが、良からぬことに巻き込まれた気がしてならず、焦燥感が頂点に達した瞬間。ハッと思い出した。

「アンドリューだ！　あいつ、誰かがマーガレットを狙っていたと話をしていた」

何か知っているはずだと確信した俺は、脇目もふらず大広間まで戻る。

たどり着いた会場でアンドリューの姿を見つけるや否や駆け寄り、やつの両肩を掴み詰め寄った。

「アンドリュー！　お前がさっき話していた、マーガレットを狙っていたやつは誰だッ！」

「ぼっ、僕じゃない、僕じゃないから！」

「マーガレットがいないんだ！」

「落ち着けって。君の奥さんを以前から特に狙っていたのは、ウエラス伯爵だ」

「ウエラス伯爵……」

「少女趣味なんだよやつは」

「……っ、少女趣味って、マーガレットを……」

「前に話しただろう。手垢の付いていない令嬢をつけ狙って屋敷へ連れ込むって。特に君の奥さんのことは、周囲にいつも話していたから」

「ッ！」

それを聞き、ぐるっと会場内を見渡したが、ウエラス伯爵の姿はどこにも見当たらない。

リリーは会場にいる。それなのにその婚約者のあいつがいないってことは……間違いない。

これだけ噂になっているのに捕まらないのは、ウエラス伯爵の権力を恐れ、今まで多くの令嬢たちが泣き寝入りを続けてきたからか。ぎりりっと奥歯を噛む。

「もっ、もし城の中でいなくなったなら、お、おそらくやつが使っている部屋だろう。たっ、頼むから肩を離してくれないか、ユリオス」

「その部屋は、どこにある。早く教えろ！」

「ち、地下だ。テラスを下りると脇に隠し階段がある。そこを下りたら一番奥だ。でも、鍵はやつしか持ってないはずだ。これ以上は僕も知らないから、肩を……」

食い込むように掴んでいた右手を緩め、再びテラスへ視線を向ける。すると、俺の視界を遮るように陛下と一人の貴婦人が立っていた。

「ブランドン辺境伯、妃に君の奥さんを紹介しようと思ったけど。ゲッ、そんな怖い顔をしてどうかしたのか？」

「王城の警備が手薄なせいで、私の妻がウエラス伯爵に連れ去られてしまいました。どうすればいいんですかッ！」

「そんなはずはない。警備は万全なはずだ」

「それなら、どうして妻が消えたんですか！」

「……いや、万が一ということもあるな。もし伯爵の元へ向かうなら城の兵を使って――」

「何を仰るんですか！　私がすべきことは妻を助けることで、やつを捕まえることではありません。兵を仕切って捕まえるのは、陛下の仕事です！」

「……ああ」

「妻の妹のリリーも、この件に関係しているはずだから捕まえておいてくださいッ」

感情任せにそう告げれば、急いで地下に向かう。

「くそぅっ！」

このためにリリーは俺を引き留めたのか⁉　いや。もしかして、リリーが首謀者かもしれないな。

そう考えれば俺の手を必死に掴んでいた理由が腑に落ちる。

リリーのことだ。マーガレットがテラスへ行くと知っていて、ウエラス伯爵に入れ知恵をしたんだろう。

マーガレットの妹だと思って大目に見ていたが、もう許せん！

最初にテラスの階段を下りたときに気づいていれば……。マーガレットがいなくなってから、時間が経っているが、まだ間に合うだろうか。


【マーガレット視点・ユリオス視点】


先ほど庭へ下りたときは気づかなかったが、庭とテラスを繋ぐ豪華な石造りの階段。その脇に、人が一人通れるだけの細い通路があった。

他に抜け道はないなと、今一度、慎重に辺りを見回してから、急な階段を見下ろす。

「この一番奥にマーガレットがいるのか」

勢いよく階段を駆け下り、他に脇道のない進路を真っすぐ突き進む。そうすれば、突き当たりの左右に対面する扉があった。

「マーガレット」と声をかけながら一方の扉をバンッと開けたが、部屋には誰もいなかった。

そうなれば、もう一方の扉だろうと振り返り、茶色い扉を睨む。

「俺の妻は、そっちか！」

いざ、その扉に手をかけ開けようとしたが、鍵がかかっている。ということは、間違いない。この部屋にマーガレットがいる。

ならば躊躇う必要はない。思い切り扉を蹴破れば、衝撃音が狭い廊下に反響する。

ドォォォーンッ――。

「マァーガレットー！」

「ぎゃぁあ！　ユリオス様？」

俺の名前を呼ぶマーガレットの声が聞こえた。

見つけた。見つかった、俺のマーガレットだ！　その姿を見た瞬間。胸が熱くなって瞳が潤む。

◇◇◇

ドォォォーンッ――と、大きな衝撃音が響き渡れば、なんと突然扉が外れた！

爆発でも起きて、城が壊れたのかと思って見れば、鬼の形相のユリオス様が、すでに誰かを仕留めたであろう殺気を放ちながら入ってきた！

ひっ、ひぇぇぇぇ――。こっ、怖い。怖すぎる。

それに、この恐怖には覚えがある。

まさにこれは、屋敷の客間から毎朝見ていた、あの鬼気迫り剣を振るユリオス様だ。そんな彼が、遮る壁のない状況で突然目の前に現れたのだ。

ユリオス様を見た私は、安堵する……わけがない。

ある意味、今日の出来事で、今のこれが一番怖い体験であり、もはやトラウマレベルに匹敵する。

ガクガクと震える私は立っていられず、へなへなとその場にへたり込んでしまった。

そんな放心状態の私は、すかさず駆け寄ってきたユリオス様から、ぎゅっと強く抱きしめられた。

彼の温かい体にほんの少しだけ、胸がキュンとした気もしたが、瞬時にそれどころではなくなった。

(ユッ、ユリオス様！　そんな全力で絞められたら、私なんて軽く死んでしまいます……)

あばら骨が折れそうな圧迫に、もはや声も出ない。

(お願い。離して。息が、息がっ、止まります――……)

悲痛の叫びを、彼の胸をとんとんと叩いて知らせようと思ったところで、ユリオス様がプルプルと小さく震えているのが伝わってきた。

「……ぇ」

まさかとは思うけど、ユリオス様が恐怖で震えているのかと考え、不思議に感じる。

ううん。そんなはずはないと、勘違いを否定した。

いつも戦場にいらっしゃるユリオス様が、太った伯爵一人を怖がるなんて……ありえない。そう考えて、なんとか必死に声を振り絞る。

「くっ、苦しぃです――……。ユリオス様？」

「……っ」

「あのー。怖い……わけないですよね、ユリオス様が？」

そう言うと、腕の力を緩めてくれた。そして彼は今にも泣きそうな顔で、ぼそぼそと話し始めた。

初めて見せるその苦しそうな顔に、私は戸惑いしかない。

「怖かった…………。マーガレットがいないと気づいてから、怖くて怖くて、震えが止まらなかった」

「怖いなんて、どうして？」

「そんなの当たり前だろう。俺の不注意で、愛する妻を見失って、それで……他の男に攫《さら》われて……。

自分の大事な女を奪われて、怖くない男がいるか…………」

「ユリオス様……」

「良かった、マーガレットが無事で。俺が目を離したばかりに悪かった」

震える声で言った。

あ――。私って、なんて駄目な女なんだろう。

こんなに大切に想われていたのに、何も気づかず、内心どこかで疑っていたんだもの。

今まで私にかけてくれたユリオス様の言葉に、一つの嘘もなかったのに、素直に信じられなかった。

社交界もダンスも苦手なのに、横に並んで恥ずかしくないように無理をして。できもしないくせにユリオス様に良く見せようとしていた。

……。

そんなこと……する必要はなかったのに。

彼の妻でいたいと願う私は、あらぬ誤解を夫にされないよう、必死に状況を伝える。

「ごめんなさい。ユリオス様は悪くなくて、私の不注意のせいですから。あっ、でも、でも、でも、ここに連れてこられただけで、まだ何もされていないです」

◇◇◇

「いや、アンドリューから聞いていたのに、俺のせいだ」

「ご友人に？」

きょとんとした顔で、マーガレットが言った。そして俺は視線を動かして、横たわる男を見やる。

「――だが、どうして、あいつはイビキをかいて寝ているんだ？」

でかい図体をした大男が、ガァーガァーと大きな寝息を立てている。なぜ、マーガレットを連れ去ったウエラス伯爵は、仰向けで伸びているのだと、疑問しかない。

事情を聞こうとした俺に、マーガレットが自信なさげに話し始めた。

◇◇◇

「それは、え〜と。私が持っていた入眠を促す薬を、そこのグラスへ入れたんです」

「マーガレットの薬を。それで――」

「なんだか思っていた以上によく効いたみたいで……このまま放置していいか迷ってしまって」

ユリオス様には、これ以上は言えない、言えない、言えない。口が裂けても言えない。

どうしてこんな薬を持っていたかなんて、説明ができないでしょ、私。

理由がくだらなすぎて、ユリオス様に申し訳ない。言えるわけがないわよと目を逸らす。

自分が男性の肌も知らないことを、ユリオス様に打ち明けるのが恥ずかしくて、ここ数日、早々に眠って誤魔化していた情けない話は、絶対に知られてはいけない。もう、馬鹿すぎて自分が恥ずかしい。

私をこんなに心配してくれる人に、何をしていたのだろうかと呆れる。

すると、気遣わしげに彼が言った。

「マーガレット立てそうか？」

「ちょっと、待ってください」

◇◇◇

「趣味の悪いこんな部屋、さっさと立ち去るぞ。もうすぐ陛下が兵を連れてこられるから、こいつは放っておけ」

俺は周囲をぐるりと見渡す。それにしても、この部屋。……見るに堪えないな。壁にはロープやら、鞭やら、物騒なものがびっしりとかけられている。

拷問に使う道具を揃えた不愉快な部屋に、マーガレットを連れ込みやがって。

◇◇◇

……駄目だ。私の腰は完全に抜けている。起き上がれる気がしない。情けない。

だけど、言い訳をさせてもらうなら、鬼の形相のユリオス様が剣を握って飛び込んできた場面に遭遇すれば、誰だってこうなるはずだ。

「ユリオス様。ちょっと腰が抜けて立てないみたいです。あの、その、まずは、その剣をお腰の鞘へ戻していただけないでしょうか？」

せめてその恐怖の塊を、私の視界から隠してくれと願う。

◇◇◇

可哀想にマーガレット。青い顔をして、恐怖と闘っていたのか。

機転を利かせて薬を盛っても、こんな部屋に連れ込まれて怖かったのだろうと、妻の気持ちを案じた。

「ほら、抱えてやるから俺に掴まっておけ。そういえば、なんでそんな薬を持っていたんだ？」

「いやー、それは、ちょっと……。あっ、そうです。旅で眠れないと困るなぁーと思ったからですよ」

マーガレットが慌てて誤魔化した。

……馬鹿。

ニールから冷やかされるほど鈍い俺でも、それくらい分かる。

毎日、毎日、早々に眠りに落ちるから体調を心配していたが、そういうことだったのか。ここ数日の状況が、やっと腑に落ちた。

どうせ俺から逃げるためだろうが、マーガレットがその気じゃないなら何もするわけないのにな。

気を失うように眠っていた理由が分かり、笑みがこぼれた。


「それはまだ残っているのか？」

「それが～、持ってきた分を、今、全部入れちゃったので……なくなってしまいました」

「それは残念だったな」

「ううん、大丈夫です。私には、もう必要ないから」

「…………」

恥ずかしげに話し終えたマーガレットは、俺の胸に顔をうずめた。

◇◇◇

マーガレットを抱きかかえたまま庭へ出れば、陛下が大袈裟なほどの兵を伴い立ち尽くしていた。

横には、不貞腐れた顔のリリーもいる。

「やつは奥の部屋で、マーガレットに薬を盛られて呑気に寝ています。どうせ朝まで起きないでしょう。とりあえずリリーと同じ牢にぶち込むことをお勧めします。そうでなければ、首謀者を互いに擦《なす》り付け合うだけでしょうな」

「ブランドン辺境伯がそう言うなら、そうしておくか」

一理あると、陛下が納得した様子で頷く。

「……リリー、あなた……」

「何よ、何か文句あるの！」

目を吊り上げたリリーが言った。

「私、何をされたか分からないけど、眠っている伯爵のことをお願いね」

「はあ？　もう、どんだけ感度が悪いのよ！　いやよ。あの男と一緒の牢は絶対に嫌。そんなの耐えられるわけないわ」

「深く眠りすぎて、息が止まったら困るわ。とても一人にしておけないもの」

「絶対に嫌よ！」

「駄目よ、お願い」

「はいはい、あたしがお姉様をはめました。ねぇ、これでいいでしょう。牢に入れるなら一人にして。あの男と二人きりにしないでちょうだい」

妻を馬鹿にするリリーの話を早々に切り上げさせる。聞くだけ無駄だ。

「助かったなリリー。とりあえず自供は取れたようだし、あとは陛下にお任せします」

これ以上は、俺の知ったことではない。早く、マーガレットと二人きりになりたい。

俺の腕の中には、やっとその気になったマーガレットがいるんだからなと、妻に微笑んだ。

「マーガレットの気が変わらないうちに、俺たちは帰るぞ」

◇◇◇

「あ、待ちたまえ。ご夫人が、この国で一番腕の立つ薬草師という噂は本当なんだな。王城にしばらく滞在して、薬師たちに指導してもらえないだろうか。いや、望むなら、そのまま城に残ってくれても構わない」

ぐるりと踵を返したユリオス様が歩き出そうとしたときだ。慌てたご様子で陛下がそうお告げになった。

王城に残るとは、はて？　陛下の仰る言葉の意味が分からない。でも、私の好きな薬の話を存分にしていいのかと、目を瞬かせた。

すると、真剣な顔のユリオス様が私を見つめてこう言った。

「いいかマーガレット、騙されるな。あれはただの社交辞令だ。王城に雇われている一流の薬師を素人が指導するのは、おこがましい話だぞ。真に受けるな」

「そっ、そうでした。危うく私、調子に乗るところでした」

「マーガレットはうちの領地で籠を持って歩くのが一番似合うからな。俺はマーガレットの趣味に理解があるが、他のやつらは社交辞令だから真剣に話を聞く必要はない。さあ、帰るぞ」

「はい。私の趣味を褒めてくれるのは、領地の皆様だけでした」

「そうだろう」

にこりと彼が笑った。そして相変わらず足の速いユリオス様が、私を抱きかかえているのをものともせずに、あっという間にその場を後にした。

そんなユリオス様の胸に顔をうずめれば、これ以上に温かくて安心できる場所はないと実感する。

「ユリオス様……大好きです」

「俺も、マーガレットが大好きだ。愛してる」

耳元で囁かれた言葉が、すっと心にしみた。その後ろで陛下の声が聞こえた気がするが、何を言っていたのか……よく分からない。

「……いや、社交辞令ではない。待て――。折を見て会いに行くからな！」


ユリオス様と馬車に乗り込もうとしたとき、ふと思い出した。

「あっ。ユリオス様のご友人にお伝えしないと」

「なっ、何をだっ。駄目だ。やめてくれ」

「どうしたんですか？　そんなに焦って。お礼を伝えたかっただけですよ」

「大丈夫だ。俺から伝えておくからマーガレットは気にするな。ほら、いつもこの時間に眠くなっ

ていただろう」

「ぎゃっ。そうでしたね。早く帰りましょう」

慌てるユリオス様は、毎晩寝落ちしていた私のことを大層心配しておられるのだろう。

そんなユリオス様は、私がしていたお馬鹿なことに、全く気づいていないようだ。

だけど――……。突入してきたユリオス様の衝撃に未だ興奮中の私が、どうやっても今晩、眠くなるとは思えないのだけれど。

《了》

あとがき

はじめまして瑞貴と申します。

数々の書籍の中から、『妹に結婚を押し付けられた手違いの妻ですが、いつの間にか辺境伯に溺愛されてました～半年後の離婚までひっそり過ごすつもりが、趣味の薬作りがきっかけで従者や兵士と仲良くなって毎日が楽しいです～』の第一巻をお手に取っていただきありがとうございます。

本作は、シリアスとコメディーを織り交ぜた作品として書きましたが、いかがでしたでしょうか？

手違いの夫婦の気持ちが、いよいよ通じ合うのか⁉ と思ったタイミングで、どうしてそっちに行くの⁉ を繰り返す二人。自分の価値に気づいていないマーガレットと、猪突猛進なユリオスとの間で繰り広げる、両片想いの恋。それをくすっと笑いながら、お楽しみいただけておりましたら幸いです。

マーガレットは気づいておりませんが、二人で追いかけっこをしているうちに、令嬢に悪事を働く男を捕まえ、ますます注目される存在で終わった第一巻。ヒーローのユリオスは、序盤、あまり魅力的に見えなかったと思います。そのため読者の皆様は、「マーガレットは、ユリオスから逃げ切るんだ！」と、応援していたかもしれません。溺愛ロマンスなのに、王道から外れたヒーローでごめんなさい……。

ですが読み進めていくうちに、ヒーローの印象が徐々に変わり、恋に不器用なユリオスを応援したくなるよう「成長する二人」と、「気になる」から「愛」に変わる瞬間を描いた一冊になったかなと、感じております。

また、すでにご覧いただいたとおり、表紙の美しいイラストと、ストーリーを華やかに飾っていただいた挿絵は、楠なわて先生に描いていただきました。どれも美麗なイラストで、マーガレットの言葉で言うなら、これはまさに「目の薬」だと思っています！　楠なわて先生にイラストを描いていただきたい思いが、このような形で実現し、とてもありがたいことです。

最後になりますが、本作の出版に関して、ご尽力くださった全ての方に、この場を借りて感謝を述べさせていただきます。ありがとうございました。

そして、本作品をお手に取っていただいた読者様へ、改めて感謝を申し上げます。ありがとうございました。再び皆様と物語の中でお会いできることを、心から願っております。

瑞貴

元農大女子には
悪役令嬢はムリです！
早田結
ill. 桶乃かもく
婚約破談から始まる
何も知らない
転生リケジョと
ベタ惚れ
残念王子の
溺愛ロマンスファンタジー！
1～2巻発売中！
©Yuu Hayata
Motonodaijoshi niwa akuyakureijo wa muridesu!

転生ナイチンゲールは夜明けを歌う
～薄幸の辺境令嬢は看護の知識で
家族と領地を救います！～
1巻発売中！
星野ワニ
illust 長浜めぐみ
©Wani Hoshino

唯一無二の最強テイマー
～国の全てのギルドで門前払いされたから、
他国に行ってスローライフします～
原作：赤金武蔵　漫画：田村紘一
キャラクター原案：LLLthika
異世界還りのおっさんは
終末世界で無双する
原作：羽々音色　漫画：ダンタガワ
ジャガイモ農家の村娘、
剣神と謳われるまで。
原作：有郷　葉　漫画：たぢまよしかづ
キャラクター原案：黒兎ゆう

雷帝と呼ばれた
最強冒険者、
魔術学院に入学して
一切の遠慮なく無双する
原作：五月蒼　漫画：こばしがわ
キャラクター原案：マニャ子
どれだけ努力しても
万年レベル0の俺は
追放された
原作：蓮池タロウ　漫画：そらモチ
モブ高生の俺でも冒険者になれば
リア充になれますか？
原作：百均　漫画：さぎやまれん　キャラクター原案：hai
COMIC
NoVA
ノヴァ
https://www.123hon.com/nova/
話題の作品
続々連載開始!!

妹に結婚を押し付けられた手違いの妻ですが、いつの間にか辺境伯に溺愛されてました１
～半年後の離婚までひっそり過ごすつもりが、趣味の薬作りがきっかけで従者や兵士と仲良くなって毎日が楽しいです～

発　行
2024年4月15日　初版発行

著　者
瑞貴

発行人
山崎　篤

発行・発売
株式会社一二三書房
〒101-0003　東京都千代田区一ツ橋2-4-3 光文恒産ビル
03-3265-1881

印　刷
中央精版印刷株式会社

作品の感想、ファンレターをお待ちしております。

〒101-0003　東京都千代田区一ツ橋2-4-3 光文恒産ビル
株式会社一二三書房
瑞貴 先生／楠なわて 先生

Printed in Japan, ISBN 978-4-8242-0155-3 C0093
※本書は小説投稿サイト「小説家になろう」（https://syosetu.com/）に掲載された作品を加筆修正し書籍化したものです。